いのちの食べ方
4

口絵・本文イラスト：lack

contents

how to eat life

いのちの食べ方 4

十文字 青
原作・プロデュース：Eve

MF文庫J

キャラクター原案●まりやす
口絵・本文イラスト●lack

inochi-no-tabekata

＃1／
壊さずにいて、その微笑(ほほえ)みを
promises broken apart

#1-1_otogiri_tobi/この世の理

「どうした、おまえらァ！」

愛田日出義がセンターサークル付近で両腕を振り上げた。

「食わなきゃ食われる！　食らい合え！　闘争だ……！」

これが魁英学園選抜クラスの正体だったのか。人外を持つ、特別に選ばれた生徒たちが、地下の体育館で人外同士を戦わせる。いいや、これはただの戦いじゃない。今もスクリーンに映しだされている戦抜のルール――〝戦抜十掟〟には、こんな規定がある。
五、一方の人外が他方の人外を捕食することで、勝利が確定する。
「言われるまでもねえよ、愛田先生……！」

中学生とはとても思えない立派な体格のウッシーこと宇代轟堅が、小ぶりな青緑色のバッファローにまたがっている。恐ろしい角を生やしているあれは、もちろんバッファローなんかじゃない。ウッシーの人外、タウロだ。タウロは体育館の床に前脚の蹄をガツガツと打ちつけ、駆けだそうとしている。

「ただのバックパックだったときよりはうまそうだろ、タウロ！　食ってやれ……！」

ウッシーが逞しく盛り上がったタウロの尻を平手で叩く。途端にタウロは走りだした。

「飛……ッ！」

　バクの姿形は、ウッシーが言うようにバックパックとは似ても似つかない。頭は筒みたいな形で口しかないし、目玉は四本指の手の甲でぎょろついている。でも、人間に近い。飛よりも背が高くて、肩幅も広く、力持ちだ。

「バク！」

　飛はそう応じただけで、ああしようとか、どうしろとか、一切言わなかった。わざわざ口に出さなくても、バクならわかってくれる。果たして、飛が右方向に駆けると、バクはその逆へ、左方向へと突っ走った。

　戦抜は人外と人外とが食らい合う勝負で、故意の人外による選抜生への攻撃、故意の選抜生による人外への攻撃、そして、故意の選抜生による選抜生への攻撃も禁じ手だ。〝戦抜十掟〟にちゃんとそう明記されている。ただし、禁じられているのはあくまでも故意の攻撃だ。わざとじゃないと審判が、つまり、戦抜クラスの担任である愛田日出義か、副担任の木堀有希が認めた場合は、反則にならない。そのあたりは審判の匙加減一つだ。

　ウッシーはタウロに乗って突進してくる。飛がバクのそばにいたら、ウッシーは偶然を装って、バクだけじゃなく飛にも危害を加えようとするだろう。飛はべつにいい。バクだけに戦わせるくらいなら、いっそのこと一緒に戦いたいくらいだ。バクがやられたら飛もつらい。でも、飛が殴られたり蹴られたりすると、バクだって平気ではいられないのだ。

「──チッ……！」

ウッシーが舌打ちをして、自転車やバイクのハンドルを握るかのようにタウロの角を掴んだ。タウロが突進の進路を修正する。バクだ。タウロはバクに狙いを定めた。

これでいい。今はなんとか、バクに頑張ってもらうしかない。身軽さには多少自信がある飛だが、バクほど頑丈ではないのだ。バクはタウロに体当たりされて、宙を舞い、床に叩きつけられても、起き上がった。飛だったら、とても無理だ。大怪我をする。ひょっとしたら、死んでしまうかもしれない。死にたくない、というよりも、飛が死んだらバクも道連れになる。

「へへッ、そうだ、こっちに来やがれ、このウスノロ……！」

バクはタウロから遠ざかろうとしないで足を止めた。

「来いよォ……！」

「やってやれ、タウロ……！」

ウッシーがけしかけるまでもない。タウロはとっくに全速力だ。飛の心臓がすごい速さで脈打っている。目をつぶりそうになって、飛は逆に見開いた。

タウロとバクがぶつかる。ぶちかまされる。バクは何をやっているのか。なぜさっさと避けないのだろう。

本当にぎりぎりだった。何もあそこまで引きつけなくてもよかったんじゃないか。

　バクが右斜め前方に身を投げだした。あと〇・一秒、もしかしたら〇・〇一秒でも遅れていたら、タウロと激突していたか、最低でもタウロの角がバクを掠（かす）めていただろう。飛の目には一瞬、タウロとバクが交錯したように見えたほどだ。でも、見事に躱（かわ）した。

「――くっ……！」

　タウロの背でウッシーが後ろを見やった。バクは転んだりすることもなく、ウッシーに向かって大きな舌をべろっと出してみせた。

「バッチリ見えたぜ！　スピードは迫力ほどじゃねえな……！」

「生意気なバックパックめ！」

　ウッシーはタウロに方向転換させるなり、飛び降りた。

「本気のスピード、味わわせてやれ、タウロ……！」

　ウッシーが乗っていると、タウロはとにかく大きく見えて、威圧感が半端じゃない。ウッシーが降りて、迫力はなくなったが、軽くなったぶん動きやすいのか。足どりが軽快だ。タウロはバクめがけて走りだし、ぐんぐん加速してゆく。

「ムッ――」

　バクが左に跳んだ。早い、と飛は思った。回避の動作に入るのが、さっきよりも早かった。結果として、バクはやや余裕をもってタウロの突進をよけることができた。しかし、バクの脇を完全に行きすぎる前に、タウロがぐっと上半身を沈めた。縮めたバネが勢いよく撥(は)ねるように、そこからバクに躍りかかった。

「バク……っ！」

飛(とび)は思わず叫んでしまった。今、何が起こったのか。バックパックだ。

なんとバクが、瞬間的にバックパックに戻った。

バクがバックパックでなければ、まともにタウロのぶちかましを浴びていただろう。タウロはバックパックの上を跳び越す恰好(かっこう)になった。飛は拳を握りしめた。

「よし……！」

タウロが五、六メートル突っ走ってぐるっと回れ右をしたときにはもう、バクはバックパックではなくなっていた。バクは右手の親指に当たる指を一本立ててみせた。

「オレを誰だと思ってやがる！　バク様だぜ！」

「そうやって調子に乗ってると――」

飛は注意をうながそうとした。タウロがまた突進体勢に入っている。バクはタウロに顔を向けると、膝を曲げて腰を落とした。

早い。飛はふたたび思った。そうだ。やっぱり早い。早く避(よ)けすぎると、タウロは対応しやすくなる。見ている飛はひやひやするが、なるべく引きつけたほうがいい。

「よく見ろ、バク……！」

「アァ……!?」

バクは飛に抗議しようとした。おかげで避けるのが遅れて、タウロに肉薄された。

「──ッ……！」

紙一重だった。バクは強風に煽られた旗のように身をひるがえして、タウロを躱した。

「それだ！」

飛が声をかけると、バクも合点がいったようだ。

「これか……！」

「何やってる、タウロ！」

ウッシーが腹立たしげに床を蹴りつけた。

「おまえの力はそんなものじゃねえだろ！　令とロードにしっかりと見せつけてやれ！」

体育館を一周する二階部分のランニングコースには、選抜生とその人外たちが勢ぞろいしている。一際目立つのは辰神令だ。

辰神はウッシーほどではないが体格がいい。明るい色の髪が波打っている。横長でくっきりした二重瞼の目は、鋭いというより強い眼光を放っている。腕組みをして、ただ立っているだけなのかもしれないが、不敵とか、傲岸不遜とか、そんな言葉が連想される。肩幅ほどに脚を広げ、張りすぎなんじゃないかというくらい胸を張っているからだろうか。

辰神の隣でお座りをしている人外、ロードの見た目も高圧的だ。ああいう凶暴な肉食恐竜がいたような気がする。でも、その恐竜にあんな角はなかったはずだ。

ロードの頭には三本の角が生えている。まるで王冠を被っているかのようだ。

「――フッ……」

飛の視線を感じたのか、辰神は薄笑いを浮かべてみせた。

辰神の第一印象は限りなく悪かったが、話してみると案外、そうでもなかった。じつはけっこう親切なのかもしれないと、飛は思っていたのだ。まんまと騙された。

戦抜は、参加する選抜生たちが投票用紙に必ず一人の名前を書き、互いに名前を書き合った選抜生同士の間で行われる。名前を書き合った選抜生がいなければ、戦抜は成立しない。つまり、選抜生たちが示しあわせれば、戦抜は回避できる。

飛は前もってそのことを教えられた。戦抜が何かもよくわかっていなかったし、やるつもりは毛頭なかった。飛はウッシーの名を書いたが、ウッシーは飛ではなく、ましゃっとこと日向匡兎の名を書くはずだった。そして、ましゃっとが飛の名を書く。これで、飛、ウッシー、ましゃっと、ましゃっとの三人は戦抜をしなくていい。そのはずが、蓋を開けると、ウッシー、ましゃっと、それに辰神までもが、投票用紙に飛の名前を書いていた。

飛は嵌められたのだ。嵌めたのは、言うまでもなく、ウッシー、ましゃっと、辰神の三人だろう。首謀者はいったい誰なのか。

「……辰神令」

飛は低く呟いて、タウロに目を戻した。確証はない。でも、陰で糸を引いていたのは、辰神なんじゃないか。飛はそう疑っていた。

「どっちも、がんばって！」

陽気にも程があるましゃっとの声が聞こえた。

「こっから、こっから！　勝負はここからだよ！　どっちも負けるな！　て、無理か！」

あはは……と笑っているましゃっとも、あやしいと言えばあやしい。人当たりはいいけれど、よすぎるというか、馴れ馴れしいのだ。ましゃっとのことは、今後、絶対に信用しないほうがいい。この戦抜に勝たないと、今後も何もないのだが。

タウロが突っこんでくる。

「慌てるな！」

飛の声がけを、無視したわけじゃないだろう。バクは返事をしなかったが、わかってる、という雰囲気を出していた。飛にはそれが感じられた。

タウロが至近距離に迫るまで、バクは我慢して動かなかった。

今だ。飛がそう思ったまさにその瞬間、バクはさっと身を躱した。

「タァウロォッ！」

ウッシーが青筋を立てて怒鳴ると、タウロはUターンした。バクはそれを見越していたようだ。またタウロを引き寄せられるだけ引き寄せて、今度はジャンプした。

「――ほッ……！」

バクは両脚を広げ、タウロの頭に両手をついた。跳び箱を跳ぶときの要領だ。バクに跳ばれたタウロは、首を振りながらブロオオォォとわめいて、急停止しようとしているのかもしれないが、急には止まれなかった。ばたばたと跳ねるようにそのまま何メートルも進み、ようやく勢いを抑えることに成功して、なんとか足を止めた。

「わっ！　すっごっ……！」

ほまりんこと酒池ほまりが目を丸くして叫んだ。彼女の人外、ナマケモノの顔をした鶏のようなデッドオーは、主にきつく抱きすくめられてじっとしている。

「ヘイヘイヘーイ……！」

バクは左右の手で自分の顔を扇ぐようにして煽った。

「どうした、おまえの力はそんなモンかァ!?　見せつけるんじゃなかったのかよ！」

「ッ――」

ウッシーが号令をかけようとした。そのときにはもう、タウロは駆けだしていた。かなり興奮しているようだ。屈辱を味わわされ、頭にきている。タウロの動作は荒々しいが、上下動が激しすぎて明らかに無駄が多い。スピードも出ていなかったせいで、バクは軽々とタウロをよけた。それだけじゃない。蹴った。バクはタウロの横っ腹に蹴りを入れた。

「ウラァッ！」

タウロはよろめいたが、倒れずに体をねじった。バクに襲いかかろうとした。

「テェアッ……！」

バクは跳んだ。タウロを跳び越えるつもりなのか。そうじゃなかった。バクはタウロの額を踏切板にした。ひょいと跳ねて、タウロの額を踏み、さらに跳躍したのだ。

「ばっ――」

飛は思わず、馬鹿、と罵りそうになった。だって、高い。高く跳びすぎだ。

バクは空中でぐるぐるっと回転した。着地したバクめがけて、タウロが突進してゆく。

「おまえの動きはもう見切ったァ……！」

バクは体勢を低くして斜めに踏みこんだ。タウロに向かってゆくような動作だった。飛は肝を冷やしたが、両者はすれ違った。直後、反転して、バクは何をしようというのか。

「――シャアッ！」

バクはタウロに躍りかかった。背に跳び乗って、タウロの胴に両脚を絡めた。パンチだ。その体勢から、バクはタウロの首や後頭部にパンチの雨を降らせた。

「オリャオリャオリャオリャオリャオリャアァァァッ……！」

「タ、タウロッ……！」

ウッシーの顔は真っ赤だ。びっしょり汗をかいている。二階の選抜生たちが何やら騒いでいるけれど、上がっているのは歓声か、それとも悲鳴や怒号なのか。飛にはよくわからない。二階に目をやって、どうなっているのか確かめる余裕もない。

「くそ、そいつを振り落とせ……！」

ウッシーが地団駄を踏んで命じると、タウロは暴れ馬のように身をくねらせながら前後左右に飛び跳ねた。

「オォッ!?」

このままでは落とされてしまう。バクは両脚でタウロの胴を締めつけるだけでなく、左右の腕をタウロの首に回してしがみついた。

「ウッ！　ツァッ!?　クオォォッ……！」

「タァーウロ……ッ！」

ウッシーは鬼の形相で両手の親指を立て、それを下へ向けた。タウロがボオオオオォォォォと雄叫(おたけ)びを発して前脚を上げ、後脚だけで立ち上がった。竿立(さおだ)ちだ。そこからタウロはどうするのか。また跳ねるのだろうか。違う。タウロは後脚を伸ばせるだけ伸ばし、仰(の)け反(ぞ)った。あんなに反ったら、倒れてしまう。もしかして、後ろに倒れるつもりなのか。バクはタウロの背中にすがりついている。タウロがあのまま倒れたら、バクは。

「だめだ、バク！　離れろ……！」

「――ッ……!?」

危ないところだった。バクが飛び離れた直後、タウロは背中から床に激突した。車と車が正面衝突したような音がしたし、かなりすごい衝撃だったに違いない。

バクは何度か転がって起き上がった。

タウロは体を右に、左に、また右に倒して、前脚と後脚を不恰好にばたつかせている。

「んんぬっ……」

ウッシーは苦しげに歪んだ顔を両手で覆った。丘みたいな肩が小刻みに震えている。

「っ、っ、っ……」

まさか、泣いているのか。泣き声とは違う気もする。

タウロが身を起こした。さすがにダメージが残っているはずだ。タウロは右前脚の蹄で床を掻くように蹴りはじめたが、きっと空元気だろう。

「っ、っ、っ……くっ、くっ、くっ、くっ……！」

ウッシーは顔から両手を外した。

「サンドバッグにしてやるつもりだったのによぉ。やるじゃねえか……」

あれは、笑っているのか。にっこり笑っているのでも、にやついているのでもない。薄笑いとも異なる。ウッシーは眉を急角度に吊り上げ、鼻柱に何重もの横皺を寄せて、歯を、そして歯茎までも剥きだしていた。何やら鬼気迫るものがある。正直、ちょっと怖い。でも、あれがどんな表情の種類かと質問されたら、笑顔としか答えようがない。

「楽しませてくれるぜぇ。予想外だよ。だがなぁ、弟切。勝つのは俺とタウロだ。わかっちまったんだよ。おまえの人外には、致命的な欠点があるってことがなぁ」

「……欠点」

思わず飛は考えこんでしまった。欠点。何かあるのか。致命的な欠点が、バクに。

「飛イッ！」

バクにどやされた。

「惑わされてんじゃねえ！　このオレに欠点なんかあるモンか！」

「いいや、あるんだよ」

ウッシーはごつい右拳を分厚い左の掌に叩きつけた。

「バク。おまえ、ずいぶんすばしっこいな。なかなかいい動きしてるぜ」

「褒めたって手加減してやらねえぞ！」

「いらねえな。どうせ、おまえがいくら素早かろうと、俺のタウロは倒せねえ」

「……ンだとォ!?」

「鍛え抜いた俺の筋肉よりも、タウロは遥かに頑丈だ。おまえがどれだけ殴ったり蹴ったりしたところで、びくともしねえんだよ、バックパック！」

「ハッ……！　そんなこと、やってみなきゃわからねえだろうが！」

「だったら試してみろ！　相手してやれ、タウロ……！」

ウッシーが尻を叩くと。タウロは踊るような身のこなしで前進を開始した。

「このッ！　小馬鹿にしやがって……！」

バクはほとんどひとっ飛びでタウロに詰め寄った。ボクサーのような構えで、パンチを繰りだす。ワンツーでは終わらない。バクは三発、四発、五発、六発と、タウロの顔面に連続でパンチを命中させた。命中、というか、タウロは足を止めて、自分のほうからパンチをもらいにいった。痛くないのか。タウロはびくともしない。

「──ツゥッ！　何だ、コイツ……！」

パンチでは崩せないと見たバクは、タウロに背を向けた。逃げたんじゃない。

「これならァ……ッ！」

鋭く体を回転させ、右脚を振り回した。後ろ回し蹴りだ。

バクの後ろ回し蹴りを横っ面に食らって、タウロの頭が少し揺れた。

「──効いてんじゃねえか！　オラアァッ！　ウォラウォラウラララララァァ……！」

バクは勢いづいて、立てつづけに後ろ回し蹴りをタウロに浴びせた。タウロは首をすくめ、肩の位置を低くして、ひたすら耐えているように見える。でも、ただ耐えているだけなのだろうか。耐えながら、チャンスをうかがっているようでもある。

「バク、一回──」

いったん後退して、様子を見たほうがいい。飛が言い終える前に、タウロがぐいっと首をのばした。ちょうどそのとき、バクがまた後ろ回り蹴りを放とうとしていた。バクの右足がタウロをとらえる寸前だった。タウロの角が、バクの腹に食いこんだ。

「──グゥッ……」

タウロは一気に体をねじり上げた。撥ね上げられたバクが、高々と宙を舞った。

飛は駆けだそうとした。

「オトギリィィ」

愛田日出義に睨みつけられて、威圧されたわけじゃない。反則を宣告されることを恐れたのでもなかった。胸が、胃のあたりがぎゅっとなって苦しかったけれど、バクを信じなくてどうする。飛だけは信じないと。とっさにそう思ったのだ。

落ちてくるバクに、タウロはもう一撃ぶちかますつもりだろう。落下地点まで移動して、待ち構えている。

「ッッッ……！」

バクは空中で身をよじって、なんとか足を下にした。角はやばい。角と角の間だ。バクはタウロの頭頂部あたりを蹴って、跳躍した。タウロの後方へと跳んだのだ。

「──っし……！」

飛はバクを褒めて、励ましたかったが、我慢した。タウロはすぐさま方向転換しようとしている。バクは転ばずに着地したものの、右手で左の脇腹を押さえて、つらそうだ。

「はっはっはっはっ……」

ウッシーが笑いだした。

「だから言ったじゃねえか、バァークゥ！　俺のタウロにとっちゃあ、ひょろいおまえの攻撃なんざ、痛くも痒くもねえ！　蚊に刺されるほうが厄介なくらいだぜ……！」

　タウロは攻めかからない。今にも走りだしそうな体勢で、力を蓄えている。

「……フゥーッ……フゥーッ……クゥゥ……ッ……」

　バクは両腕を上げてファイティングポーズをとった。左の脇腹が削れ、抉られている。飛も同じ箇所が痛む気がしてきた。いいや、気がするのではなくて、本当に痛い。飛の左脇腹から血が流れていないのが、むしろ不思議なほどだ。

「荷物を詰めて持ち運ばれるのとはワケが違う。バックパックには所詮、無理なんだよ」

　ウッシーは悠然とタウロに歩み寄って、その背を撫でた。

「さっさと降参して、タウロに食ってもらえ。気を落とすことはねえぞ。俺のタウロを倒せる人外がいるとしたら令のロードだけだ。戦抜は、俺と令の勝負なのさ。最後の最後に、俺は令に挑む。頂上決戦ってやつだ。おまえらはみんな、噛ませ犬でしかねえ」

「先の話はするのはやめておけ、轟堅」

　辰神が左眉をぐいっと上げて言った。揶揄するような口調だった。

「互いに勝ち残れば、おのずとなるようになる。語るよりも他にやるべきことが、今はあるはずだぞ」

「そうだそうだぁーっ！」

ましゃっとが手でラッパを作って叫んだ。ほまりんがドン引きした顔でましゃっとを見ている。飛は頭にくるというよりも呆れてしまった。何なんだ、あいつ。

「……気が早えな」

突然、バクが両手を左脇腹の傷口に押しあてた。押しあてる、なんて表現は控えめすぎる。飛は目が眩んで、変な声を出してしまいそうになった。

たぶんバクは、両手の指を傷口に突っこんで、こね回している。そんなことをしたら、痛い。痛いなんてものじゃない。飛は吐きたくなった。のたうち回りたい。

ところが、忽然とその苦痛が消え失せたのだ。飛は自分の左脇腹をさわってみた。痛くも痒くもない。見ると、バクの左脇腹も治っていた。

「なっ――」

ウッシーが絶句した。

「この程度でオレに勝った気でいるとはなァ！　臍で茶を沸かすぜ……！」

バクはタウロに飛びかかって、太い首に腕を絡めると、頭のてっぺんにがぶっと噛みついた。戦抜は、人外が人外を捕食することで勝利が確定する。バクはいきなりタウロを食べてしまうつもりなのか。タウロの外皮はずいぶん硬そうだが、バクの歯だって牙のように尖っている。刺さっているみたいだ。歯が立たない、ということはないらしい。

「アンガァンガァンガァッ……！」

「タッ、タウロ……ッ！」

ウッシーが床を強く踏み鳴らすと、タウロは自分から横倒しになった。

「――ゴァアッ……!?」

バクはタウロと床に挟まれた。それでも、タウロに噛みついたまま離れない。タウロは起き上がり、また倒れた。何度も繰り返して、そのたびにバクは潰された。

バクがどんなに粘っても、噛みつくのが関の山だ。ずっと噛みついていたところで、タウロに致命傷を負わせることができるのか。無理なんじゃないか。

タウロが倒れこむのをやめ、右へ左へ、前へ後ろへと跳びながら、体をひねりはじめた。バクは振り回されている。顎の力がもたない。これ以上、噛みついていられない。

「――ゥアアァウッ……」

とうとう振りほどかれてしまった。そこにタウロがすかさず角で突き上げた。バクが巻き上げられると、飛の全身にも激しい衝撃が走った。

「う――……」

飛は何かに後ろから押されたようにつんのめった。倒れはしなかった。とっさに足を前に出し、その勢いで進んだ。バク。バクのところへ行かないと。バクを助けないと。落下してくるバクに、タウロはもう一発、きっと二発も三発も食らわせるだろう。

ところが、意外だった。タウロがバクを追撃しようとしていない。

「くっはっはっ……！」

ウッシーがタウロを招き寄せて、背にまたがった。突進してくる。

「――アガッ……」

バクが床に叩きつけられた。飛はバクに駆け寄った。バクを助け起こしてしまったら、まずいのか。反則になってしまうだろうか。

そんなことよりも、タウロだ。ウッシーを乗せて、タウロが突撃してくる。

飛一人なら、躱せそうだ。自分だけなら。でも、バクはどうなる。

体が勝手に動いた。飛はバクを引っぱり起こそうとした。そこにタウロが突っこんできた。轢かれてたまるか。飛はタウロの進路から、バクをずらそうとした。

ぶつからなかった。タウロには。

タウロの角にも、脚にも、どこにも接触しなかったが、やっぱりウッシーだった。タウロに乗っているウッシーが、右足を伸ばしてきたのだ。

「偶然！　たまたまだぁ……！」

「――っう……」

蹴られたのはバクじゃない。飛だった。飛は尻餅をついて咳きこんだ。

「い、今のはわざとだしょやぁ……！」

ほまりんが二階から声を上げた。

「どうなんだ、宇代……!?」

愛田が怒鳴りつけるように尋ねた。どこか芝居がかっている声音だった。

「事故だよ、事故……！」

ウッシーは答えながらタウロを方向転換させた。バクが床を叩いた。

「――クッソォォォァァアアアァァァァ！　飛ィッ！　オレはッ……オレは、どうしたらいい!?　どうやったら、オレはヤツに勝てる……!?」

「……そんなこと、僕に訊かれても――」

ウッシーに蹴られた胸が痛い。その痛みよりも、脱力感のせいで飛は立ち上がることができずにいた。体に力が入らない。脱力感じゃなくて、これは無力感なのかもしれない。飛だってバクに勝たせたい。名案があればと思うが、何も考えつかないのだ。

「どう……って。どう、したら……」

「飛、おまえはオレの相棒だろうが！　オレに力をくれるのは、おまえだ！　この世でただ一人、おまえだけなんだぜ！」

「……僕がバクに、力を――」

兄と離ればなれになってから、飛を支えてくれたのはバクだ。その兄が、じつは飛とバクを引き離していた。バクはいつも飛のそばにいてくれる。飛がバクの力になったことなんて、これまで一度でもあっただろうか。

「主と人外は一心同体……！」

ウッシーは両脚でタウロの胴を締めつけた。タウロが駆けだそうとしている。

「主が強くなれば人外も強くなる！　そんなことも知らねえとはな！　雑魚が……！」

バクが飛を強くしてくれた。飛に力をくれた。飛もバクを強くしてやれるのか。バク。ただのバックパックだった、飛のバク。初めてバクがしゃべったのはいつだろう？　はっきりとは覚えていない。バックパックが、どうしてしゃべるように？　なんか言えよ。バクにそう言ったのは、誰だったのか。飛だ。

一見ただのバックパックでも、そうじゃないことはわかっていた。バクはもぞもぞと動いた。抱きしめると、抱き返すようにうごめいた。飛はよく、バクに話しかけた。話し相手はバクだった。でも、バクはしゃべらない。バックパックだから。こっちばっかり、話してるじゃないか。なんか言えよ。何でもいいからさ、言ってみてよ。言えって。何か言えったら。それで、バクは――しゃべるようになった？

しゃべるようにはなったけれど。いくら一緒にいても、所詮、バックパックだし。そんなふうに思ったことは、ある。バクに直接、言ったことも。だって、バクはバックパックじゃないか。べつに、いいんだけど。バックパックで、十分なんだけど。バクは、特別だし。相棒だから。みんな、バクのことは、ただのバックパックだとしか思っていないだろうけど。違うんだ。本当は、違う。ただのバックパックじゃない。そうだろ、バク？

もしかして、それで、バクは——人間みたいな、あの姿に？

『オレに力をくれるのは、おまえだ！　この世でただ一人、おまえだけなんだぜ！』

バクが言うなら、そのとおりに違いない。飛はバクの力になれるのだ。この世界で、飛だけが。飛とバクは一心同体なのだから。

きっと、タウロを強くするために、ウッシーはあんなふうになるまで体を鍛えたのだろう。その結果、タウロは強くなったのだ。

けれども、飛が今、筋肉をつけて、立派な体格を手に入れることはできない。そんなことは不可能だ。じゃあ、どうやって？

何か言ってほしい。飛がそう願ったら、バクはしゃべるようになった。

ずっと、ただのバックパックなんかじゃないと思っていた。そうしたら、バクはまるで人間みたいに立って、歩いて、飛んだり跳ねたりすることもできるようになった。それどころか、飛のために体を張って戦ってくれている。

ひょっとしたら、鳥のように空だって飛べるかもしれない。翼を羽ばたかせて、飛ぶだけじゃだめだ。

戦いたいわけじゃないけれど、戦って、勝たないといけない。鳥だとしても、獰猛な猛禽類のように強くならないと。鋭い鉤爪があって、それで獲物を捕まえ、やすやすと引き裂いてしまう。

「――コッ、こいつは……ッ!?」

バクが左右の手を持ち上げて、握ったり開いたりした。大きい。大きくなった。どちらの手も。ただでさえ、バクの手は小さくなかったのに。とくに指が長くなった。長さだけじゃない。爪が生えた。というより、指の先が鉤爪(かぎつめ)のような形になった。先のほうがぐいっと曲がっている。かなり鋭利だ。

「何だ……!?」

ウッシーはすでにタウロを走らせていた。いきなりバクの両手が変化したので、驚いているようだが、タウロを止めようとはしない。

「それがどうした……! 行け、タウロォ……!」

「バク……ッ!」

飛(とび)がごちゃごちゃと口出しする必要はない。飛の思いはバクに通じている。そんなことはわかっているけれど、名を呼ばずにいられなかった。

「おうよ……ッ!」

バクはウッシーを乗せたタウロに向かっていった。体当たりしたわけじゃない。すれ違いざまにバクが鉤爪を閃(ひらめ)かせると、タウロはムオオォォと呻(うめ)いてよろめいた。

「――何っ……」

ウッシーが体勢を崩して、タウロにしがみついた。

タウロの左の前脚が大きく切り裂かれている。バクの鉤爪が切ったのだ。左の前脚を負傷して、タウロの足どりが完全に乱れている。ウッシーがタウロから転げ落ちた。

「ぁっ……！」

「オレの両手はッ！　名刀さながらだぜ！　切り刻む……ッッ！」

バクはすぐさま反転してタウロに襲いかかった。タウロは回れ右しようとしたのだろうが、急には無理だ。あれよあれよという間に、バクの鉤爪がタウロの体中を傷つけた。

「――ちくしょう！　タウロ！　タウロォー……！」

ウッシーは身を起こすのもそこそこに絶叫した。

「こうなったらあれを出せ、タウロ！　奥の手だ、やれぇー……！」

「奥の手……!?」

何かあるのか。とっておきが。タウロが後ろ脚で立ち上がって、フボオオオオオオオオオォォォォォォと吼えた。

「ウォッ……」

バクは跳びすさって距離を取った。立ち上がると、タウロはでかい。バクよりずっと背が高くなる。そうはいっても、タウロは四足歩行をする人外だ。ライオンにせよ虎にせよ、後脚で立つことはできても、前脚を腕のように使えるわけじゃない。

そのわりにタウロはしっかりと立っているし、胸を開いて前脚を左右に広げている。

　フウウウゥン。フウウウウウゥゥゥン。タウロは鼻息を荒くして、ひょいと前に跳んだ。歩くとか、走るとか、そういう動き方じゃないが、けっこう機敏だ。

「――オッ、こいつ……ッ!?」

　バクは一歩下がった。もう一歩下がろうとしたところに、タウロが迫ってきた。タウロがバクを吹っ飛ばした。殴ったのか。右の前脚を振り回すようなパンチだった。肘を曲げて側面から顔面などを打つ、フック、というパンチの種類がある。それに似ていた。というか、フックそのものだ。

「――ッツァッ……！」

　バクは間髪を容れず起き上がった。タウロが接近してきて、左右のフックがバクに襲いかかる。ぶんぶんと、ものすごい音がする。バクは左へ右へ動いて、タウロのフックを躱している。

　一発もらったが、どうやらダメージはないみたいだ。バクはたぶん、避けきれないと思って、フックで打たれた瞬間、自分から跳んだのだろう。そうして衝撃を逃がし、受け身をとったに違いない。際どかった。

「まだ見せるつもりはなかったんだがな……！」

　ウッシーは二階の辰神にちらりと目をやった。

「令のロードを倒すために、俺とタウロで編みだした！　ボクサースタイルだ……！」

辰神は腕組みをして、口許に笑みを浮かべている。いったい何を考えているのか。よくわからないし、辰神の頭の中を探っている場合でもない。

奥の手というだけあって、タウロのボクサースタイルは付け焼き刃じゃない。かなり練習を積んでいるようだ。フットワークは俊敏で、パンチの種類はフックだけだが、高さを変えてくる。右、左、右、左と繰り返すだけじゃない。右の次は左が来ると思わせて、右の二連打を繰りだしてきたりもする。

「――オッ、ッ……ウォッ、ッ……！」

バクは躱すだけで精一杯なのか。いいや、そうじゃない。バクはタウロの攻撃をちゃんと見ている。冷静に、タウロのボクサースタイルを見極めようとしているのだ。

後脚で立って、たしかにタウロは大きくなった。向かいあうと、大きいというだけで怖いし、どうしても怯んでしまう。それに、ボクサースタイルの攻撃は速い。あのフックをもろに食らったら、ただではすまないだろう。

でも、スピードではもともとバクに分がある。タウロがボクサースタイルになっても、その点は変わらない。バクがしりごみせずに落ちついて対応すれば、あのとおり、タウロのフックは掠りもしないのだ。

辰神が目をつぶるのを、飛は見た。そのとき辰神は何か呟いた。聞こえたわけじゃない。でも、ひょっとすると、辰神はこう言ったのかもしれない。虚仮威しか、と。

ウッシーはタウロの弱点を克服するため、奥の手のつもりであのボクサースタイルを考案したのだろう。突然あんなことをされたら、相手は慌てる。その間に強烈なフックをお見舞いされ、一発で倒されてしまってもおかしくない。バクも実際、そうなりかけたが、紙一重で切り抜けた。うろたえてもいないし、大丈夫だ。

「――シャアァッ……！」

バクはかなり低い姿勢になって、タウロの右フックの下をくぐった。同時に、タウロの右腕のような右前脚を、鉤爪(かぎつめ)で切りつけた。

タウロはかまわず、左フック、右フックと続けざまに攻撃したが、バクはもう躱すだけじゃない。タウロの両腕のような左右の前脚を、確実に鉤爪で傷つけてゆく。

「タッ……――」

ウッシーはタウロに、しっかりしろ、とでも言って叱咤(しった)しようとしたのか。でも、そんなことは言えないはずだ。タウロは全力を尽くしているけれど、ボクサースタイルがバクに通用しない。次はどう出てくるか。

タウロがブモオオオォォォと咆吼(ほうこう)し、左右の前脚を振り上げた。蹄(ひづめ)を床に叩(たた)きつけるのか。あわよくば、バクを叩き潰すつもりだ。いずれにせよ、タウロはボクサースタイルをやめようとしている。もとの戦い方に戻す気だ。

「――だろうなァ……！」

バクは読んでいた。タウロは今、バクに腹をさらしている。バクは見逃さずに詰め寄って、タウロの堂々たる腹を鉤爪で切り刻んだ。タウロはふらついたが、ほんの少しだった。左右の蹄をバクめがけて振り下ろす。けれども、バクはもうそこにはいない。

背後だ。バクはタウロの背後に回りこんでいた。

タウロが爆発音のような音を轟かせて四つん這いになった。バクはそのタウロの背に跳び乗った。そして、左右の手の鉤爪を突き刺した。タウロの首の両側に、これ以上刺さらないというところまで深々と、一気に、突き入れた。

「ンンンンンンンヌゥアアアアアアアァァァァァァ……ッッッッ！」

錯覚だろうか。その感触が飛にも伝わってきて、鳥肌が立った。バクの鉤爪は、すんなりとタウロの中に入っていったわけじゃない。タウロはすこぶる硬くて、かなり抵抗があった。もっと、もっと、もっと突き刺すには、むしろ鉤爪じゃないほうがいい。たとえば、釘のようにまっすぐなら。飛がそうイメージすると、そのとおりになった。バクの鉤爪はまっすぐな爪となって、タウロの中にどんどん入っていった。

これ以上は刺さらない、というところまで爪が達すると、バクは引き抜いて、すぐにまた刺した。タウロは身悶え、暴れたが、バクはやめなかった。何度も抜き刺しした。何回となく刺しては抜き、抜いては突き刺した。ウッシーが両手で首筋をかきむしった。

「あぁあっ、やっ、やめっ——」

タウロが前脚を折った。それでも立ち上がろうとしたが、立てずにいる。身をよじっているけれど、バクを振りほどくこともできない。

「ククッ……！　グハハハッ……！　ガァハハハハハハハァ……！」

バクは昂ぶっている。飛もそうだ。やれ。もっとやれ。とことん、やってしまえ。

タウロは人外だ。血は出ない。それでも生き物のように、体の中には色々な組織がある。バクがそれを壊してゆく。どうしてこんなに楽しいのか。楽しい？　楽しいのだろうか。バクと飛は楽しんでいるのか。それとも、嬉しいのか。気分がいいのは間違いない。

タウロは刻一刻と弱ってゆく。あんなにも勇ましく吼えていたのに、今やブルゥゥゥ、ヒイィン、フィイィンと鳴くことしかできない。ほとんどバクにされるがままだ。チーターに首を咬まれて樹上に連れ去られたインパラみたいに、観念しているようですらある。

ウッシーも這いつくばって、タウロ、タウロ、タウロと、人外の名を呼ぶことしかできない。あの図体のでかい男が、震えて涙ぐんでいる。

飛とバクは勝利を確信していた。勝つんじゃない。勝った。

あとは、そう、食べるだけだ。

タウロを倒すよりも、タウロを食べるほうが難しい。だって、あの大きさだ。バクと同じくらいか、バクよりも大きいか。どうやって食べろと？　無理なんじゃないか。物理的に食べられない。

「いいか……!?　いいのか、飛(とび)……!?　飛……！　オレは……ッ！」

バクは爪でタウロを破壊しつづける。初めのうちはタウロに両脚を巻きつけていたが、もうまたがっているだけだ。タウロは四肢を半分畳むように折って、ほぼ横倒しになっている。ウゥゥウ、ウゥゥゥと、弱々しく鳴いているというより、バクの爪で刺された拍子に声が漏れる。もしくは、声のような音が。

「おまえの言うとおりにする！　おまえが決めてくれ、飛……ッ！」

「やめろおおおぉぉぉぉぉぉ……」

ウッシーは這(は)いずる力も残っていないようだ。弱々しく、なんとか、ようやくという感じで、飛に向かって片手をのばした。やめろ、ではなく、やめてくれ、と言っているように、飛には聞こえた。ウッシーは哀願している。どうか、お願いだから、タウロを食べないでくれ、と。

バクはきっと、飛の言うとおりにする。

決めないと。これは飛が決めるのだ。

「オトギリ・トビ……！」

愛田日出義(あいだひでよし)が天井から吊(つ)り下ろされているスクリーンを指さした。愛田の唇が三日月みたいな形になっている。愛田は笑っている。

「この世は食うか、食われるかだ……！」

黙れ。黙ってろ。今、考えているんだ。

食うか、食われるか。食われるよりは、食わないと。食われるわけにはいかない。だったら、食うしかない。そもそも、食いたいのか。食いたくないのか。食べたい。バクは明らかに食いたがっている。飛だってそうだ。食べたい。腹が減っているんだ。胃も腸もからっぽで、食わずにはいられない。食べるのは、飛じゃないのに。でも、食べたい。食べたらどんな気持ちか。飛は知っている。バクがどんなに喜ぶか。もちろん、飛にとってもそれは喜びだ。だから、食べたい。食べるしかない。そうだろう？

「やれ、バク」

「ああぁ……っ！」

ウッシーが絶叫した。バクは返事をしなかった。それどころじゃなかった。待ち焦がれていたのだ。バクはタウロにかぶりついた。まるで何十日も断食して餓えに餓えていたかのようだ。全身が痺れた。痺れているのに体が動く。食べたいからだ。次から次へと食べずにはいられない。飛は両手で顔を覆った。何だ、これ。何かが体中を駆け巡って突き抜けてゆく。これはいったい何なんだ。刻一刻と満たされてゆくのに、全然足りない。もっと欲しくなる。どこかに行ってしまいそうだ。どこにも行きたくない。行くわけにはいかない。だって、食べたい。食べないと。もっと、まだまだ、食べないと。食べたい。食べられなくなるまで、食べたい。食べられなくなっても、食べたい。食べつづけたい。

「……フゥーッ……フゥーッ……嘘……嘘だろ……嘘だ……フゥゥーッ……」

膝をついて頭を抱えているのは、バクなのか。それとも、飛なのか。

タウロが、いない。跡形もなくなった。

飛は――バクなのか、それともやっぱり、飛なのか――床を両手でさわって確かめたかった。何か残っているんじゃないか。まだ食べられるものがあるはずだ。顔を床に近づけて、舐めたい。でも、無駄だ。そんなことをしても意味がない。

食べてしまったからだ。すっかり平らげた。

あのタウロを？　ぜんぶ腹に入れたのか？　嘘だ。嘘だろ？　たしかに食べた。けれどもタウロを、あれだけの量を食べきったとは、どうしても思えない。だって、おかしいじゃないか。まだ満腹じゃないどころか、餓えている。まだまだ食べたくて仕方ない。

飛は下を向いていた。体育館の床に目を落としている。二階のランニングコースを見たくない。あそこには人外がいる。選抜生たちの人外が。食べられるものが。食べたらうまいに違いない、人外たちが。見てしまったら、我慢できなくなる。そんな気がする。

誰かが手を叩いた。

ゆっくりと、拍手している。

飛は顔を上げた。愛田日出義が手を打ち合わせていた。

「おめでとう、オトギリ。おまえが戦抜の勝者だ」

「――っ……」

食欲がいっぺんに失(う)せた。飛は愛田をぶん殴ってやりたかったけれど、自制した。

ウッシーがうつ伏せで倒れている。顔が横を向いていた。目は半開きだ。泡を吹いている。背中が上下しているから、呼吸はしているようだ。意識はないだろう。

ウッシーこと宇代轟堅(うしろごうけん)は、人外を失った。バクが食べた。

人外を失った主(あるじ)がどうなるか。飛は知っていた。今まさに、その状態を目(ま)の当たりにしている。

虚心症だ。

机の上にバクが寝そべっている。飛がそこにバックパックのバクを置いたのだ。飛は満腹でもなければ、餓えてもいなかった。バクも同じだろう。バクが餓えていたら、飛も平気ではいられないはずだ。

バクは机の上で静かにしている。微動だにしない。

本当に食事をしたあとなのだろうか。なんだか信じられない。

バクは体育館で宇代轟堅の人外を平らげた。その場面を飛は目撃した。ただ見ただけじゃない。感じた。まるで自分が食べているみたいだった。ある意味、そうなのかもしれない。バクが食べたということは、飛も食べたのだ。

A教室には十三の机と椅子が置かれている。横に四列、縦に三列、その後ろにもう一つだ。飛はその一番後ろの席に座っている。壁一面の窓みたいな大型ディスプレイには何も映っていない。A教室にいるのは飛とバクだけだ。

戦抜のあと気分が悪くなって、体育館を出た。その際、飛はバックパックに戻ったバクを担いだのだったか。それとも、バクは飛についてきたのか。曖昧だ。覚えていない。とにかく、廊下を歩いた。ここにいるということは、A教室に入ったのだろう。

でも、おかしい。飛はカード型の学生証をまだ持っていない。あのカードがなければ、トイレにさえ入れないはずだ。そうか。

そうだった。ほまりんだ。A教室のドアの前にたたずんでいたら、酒池ほまりがやってきて、彼女のカードで開けてくれた。そのほまりんはどこにいるのか。どうやらA教室の中にはいない。出ていったのか。

だめだ。ひどくぼんやりしている。

「……げぷっ」

バクがファスナーを少し開けて、げっぷをした。

飛はかっとなって、思わず拳を振り上げた。バクめがけて振り下ろしはしなかった。こらえて引っこめた。

「……しょうがねえだろ。食うもの食ったら、そりゃあよォ……」

バクが言い訳をしたものだから、飛はまた手が出そうになった。

「僕は全然、食べた気しないんだけど」

「食ったのはオレだぜ」

「そうだけど……」

「まァ、おまえの言いたいことはわからなくもねえよ。オレも、なんかな……」

気分は一向によくならない。悪いままだ。

ドアが開いて、誰か入ってきた。ほまりんと、彼女の人外、ナマケモノみたいな顔をしている鶏のようなデッドオーだった。ほまりんとデッドオーだけじゃない。もう一人、あの選抜生の名前は何だったか。くっきりした目鼻立ちで、しゅっとしている。彼も人外を連れていた。豹に似ていて、けっこう大型だが、ともすると見逃してしまいかねない。不思議なくらい存在感が薄い人外だ。

「あぁ、弟切、あのね」

ほまりんは手に何か持っている。ペットボトルの飲料だ。ほまりんは飛の席に歩み寄ると、それを差しだしてきた。

「これ。よかったら、飲んで」

見ると、麦茶だ。ラベルの記載によれば、ミネラルがたっぷり入っているらしい。

「こっちのほうがいい？」

しゅっとした選抜生もペットボトルを持っている。コーラだ。飛は首を横に振った。

「……いや。麦茶のほうが」

「ほいっ」

ほまりんが飛の鼻先に麦茶のペットボトルを突きつけてきた。気を遣ってくれているのだろう。飛は受けとることにした。

「ありがとう」

ほまりんは「んっ」とうなずいてから天井を仰いで、「むー……」と唸った。

「なんか違う気がする。おめでとう？　弟切、勝ったし、おめでとう、だよね……」

「すごかったよ」

しゅっとした選抜生はコーラの蓋を開けて、飛のほうにペットボトルを向けた。

「おめでとう。後援金、四倍だね」

「……ケッ。十年で一億六千万、か」

呟いたのはバクだった。

「地味にでけえな？　でけえよな。家くらい建てれんじゃねえの？」

「余裕で建てられるよ」

しゅっとした選抜生は微笑してコーラを一口飲んだ。飛もほまりんにもらった麦茶の蓋を開けてはみたものの、今はまだどんな飲み物も食べ物も喉を通りそうにない。蓋を閉めて、ほまりんに小声で訊いた。

「……あの。彼の、その――」

「カレ？　えっ。違うよ？　ほまり、唯虎と付き合ってないしっ」

「や、そうじゃなくて」

「わわっ。勘違い？　恥ずっ」

ほまりんは赤くなった顔を手でごしごしこすった。

「そっか。まだ話したことないもんね」

しゅっとした選抜生は、まだ微笑んでいる。というか、基本的に笑顔なのか。またその笑顔が彼にはよく似合っている。

「俺は由比唯虎。わりと、唯虎って呼ばれてるかな。あいつは――」

唯虎は教室の隅でお座りをしている豹のような人外を視線で示した。

「セラ。おとなしいやつだけど、よかったら仲よくしてやって。バク、だったよね？」

「おう」

バクはファスナーの口を開けて、ペロッと舌を出してみせた。

「……へェ。ホントにおとなしいのかァ？」

「どう思う？」

唯虎はくすくす笑った。

「でも、バクの勇敢さには驚かされたよ。勝って欲しいって、俺は内心、応援してたんだけど、途中、ひやひやしたし。ただ、終わってみれば、大逆転っていうより、順当な勝利だったのかな」

「まァーな！　ウッシーのやり口は卑怯だったけどよ。タウロは真っ向勝負を挑んできたしな。結局、オレの実力が上だったっつーことだ」

「そう思うよ。つい考えちゃった。俺のセラとバクが戦ったら、どうなるだろうって」

「そんなのオレが勝つに決まってる。せいぜい投票用紙に飛の名前を書かねえことだな」

「書かないって。書く理由がないもん」

そんなふうにバクと楽しげに会話している唯虎は、戦抜投票で誰の名前を書いていたのだったか。印象に残っていたから、飛は思いだすことができた。

辰神令だ。飛の記憶が正しければ、唯虎は辰神の名を書いていた。

また教室のドアが開いた。入ってきたのはその辰神だった。むろん、ロードを従えている。主も人外も、やたらと偉そうだ。恐竜の獣脚類的なロードの体つきからすると、前屈みで歩行したほうが楽そうなのに、胸を張れるだけ張っている。主の真似をしているのだろうか。させられているのか。

辰神は教室の中央までゆったりと歩くと、顎を上げて下目遣いで飛たちを順々に見た。ロードの爬虫類めいた瞳も、飛たちを次々と射すくめていった。

「フッ……」

辰神は鼻で笑った。

飛は誰かが舌打ちをする音を聞いた。聞き逃してもおかしくないような微かな音だったが、間違いなく聞こえた。

唯虎がわずかに顔を引きつらせている。今、舌打ちをしたのは、唯虎だ。

辰神は両手を顔の前まで移動させた。

「弟切飛（おとぎり）」

一度、手を打った。

二度目は、強かった。

さらに間を空けて、三度目はもっと強かった。

「貴様の勝利を祝福する。そして、バクよ。見事だったとは言わん。醜い戦いぶりだったが、つまらなくは決してなかったぞ。よくやった」

「……なんでッ。テメェーに労（ねぎら）われなきゃならねえんだよ！」

バクが突っこむ前に、飛が言ってやるべきだった。何も言えなかったのは、呆気（あっけ）にとられていたせいだ。

「ははははっ！」

辰神が笑いだした。

「貴様は讃（たた）えられるべき戦いをした。ゆえに、この俺が讃えてやっただけのことだ。いずれロードと貴様が戦うときが来るだろう。この俺のロードを、タウロごときと一緒にしてもらっては困るぞ。ロードは貴様を引き裂き、骨まで食らう。これまでロードが食った人外どもと違って、貴様はさぞかし美味（うま）かろうな」

「ヘッ！　ロードは見るからにまずそうだが、ちゃんと食ってやるから安心しやがれ！」

「ふふふっ……はははははっ……あーっはっはっはっはっはっ……！」

辰神は何がそんなに面白くて大笑いしているのか。飛にはさっぱりわからない。こんな男を理解したくはないし、理解できるようになったらおしまいだ。むしろ飛は、辰神の異様な精神構造よりも、唯虎の様子が気になった。

唯虎は一見、爽やかという言葉が似合うような男子だ。見栄えがするし、清潔感がある。やさしそうでもある。だから、ちょっと意外だった。

唯虎は辰神を睨みつけている。その睨み方が尋常じゃない。ただ辰神が嫌いだとか、憎たらしく思っているだけで、歯を食いしばってあんな目つきをするものだろうか。まるで殺意でも抱いているかのようだ。

「おい、辰神」

唯虎は低い声で呼びかけた。辰神は唯虎の不穏な眼差しを受け止め、平然としている。

「何だ、唯虎」

下の名で呼ばれたのが気に食わなかったのか、唯虎は軽く舌打ちをしてから尋ねた。

「宇代はどうなった？」

辰神は大仰に肩をすくめてみせた。

「医務室に運ばれていった。あとのことは知らん。いずれにせよ、あれはもうだめだ。敗者に用はない。どうせ使い物にならんだろう」

「よくそんなことが言えるな。宇代とおまえは友だちだったんじゃないのか？」

「友だち、とは……」

辰神は左手を腰に当て、右手で額を押さえた。

「くだらんことを言う。友だち、だと？　学友という意味なら、そのとおりだがな」

「仲がよかったじゃないか。スパーリングだか何だか知らないけど、おまえのロードと宇代のタウロはいつもじゃれあってただろ」

「だから、この俺と轟堅が仲よしこよしだったとでも？　貴様に——」

辰神は左手を腰に当てたまま、右手の人差し指を唯虎に向けた。

「そう見えていたという事実を否定しようとは思わん。それは貴様の自由だ。ちっぽけな自由だとしても、な。だが、俺の心の内を見通せるなどとは考えんことだ」

唯虎は一度、ため息をついた。興奮を静めようとしたのかもしれない。

「おまえの心の内なんて、知りたくもないよ、辰神」

「俺はそうでもないぞ。どうやら、貴様は俺が気になって仕方ないようだが——」

「誰がっ……」

「違うのか？　いちいち突っかかってくるのは、ようするにそういうことだろう？　何が貴様をそうさせるのか、興味はなくもない」

「俺は……平気で他人を叩きのめしたり、利用したりできる、おまえみたいなやつが我慢ならないだけだ」

「つまり、正義の味方気どりというわけか」

「そんなつもりはない」

「貴様は俺を悪と見なしているわけだ」

辰神は目を細め、唇を変な形に歪めて、にやにやしている。見る者の神経を逆撫でする、どこまでも嫌らしい薄笑いだ。

ほまりんは辰神に怯えているのか。デッドオーを抱きしめてうずくまっている。

「……実際、悪役にしか見えねえけどな？」

バクがぼそっと言うと、唯虎が下を向いて口を手で覆った。つい笑ってしまったようだ。

バクの呟きは辰神の耳にも届いたらしい。もっとも、辰神は激昂するでもなく、高笑いしはじめた。

「はっはっはっはっ……くーっわっはっはっはっ……！」

「……そういうとこだぞ？」

バクが指摘すると、ほまりんも「ぷふっ」と噴きだした。

なんだかみんな笑っている。飛以外は。いや、人外のデッドオーやロードは笑っていないけれど。彼らは笑ったりしないのかもしれないし。そういえば、唯虎のセラは――と思って捜すと、いた。辰神とロードの斜め後ろで、お座りの姿勢ではなく、前脚を少し曲げて頭を下げ、背中を丸めて、尻尾をゆっくりと動かしている。

飛は以前、抜き足差し足で鳩に近づいてゆく野良猫を見かけたことがある。セラはあのときの野良猫のようだった。密かに死角から接近して、ここぞ、というタイミングで攻めかかり、一発で仕留めてしまう。

主の唯虎は笑っているのに、セラは虎視眈々と辰神とロードを狙っている。あれはセラが勝手にやっていることなのか。それとも、唯虎がやらせているのか。

やがて他の選抜生とその人外たちもA教室に戻ってきた。人外を連れていない選抜生は粛々と行進しているようで、音津、蛇淵、犬飼といった女子たちは元気がなかった。

「やぁー。ウッシー、大丈夫かねぇ。ねえ？」

一人、ましゃっとこと日向匡兎だけは、やたらとほがらかだった。

「あぁっ、弟切！　まだ言ってなかったよね、おめでと、おめでと、おめでとぉー！」

ましゃっとは勢いよく走り寄ってきて、ハイタッチを求めてきた。さすがに飛は応じる気になれなかったし、ましゃっとが出してきた両手を払いのけたいくらいだった。でも、そこまでするのはやりすぎだろう。飛はそっぽを向いた。

「……おっとぉ？」

ましゃっとは身を乗りだして、飛が視線を向けたほうに顔を移動させた。何なの、こいつ。イラッときて、飛は真後ろまではいかないまでも、左斜め後ろを向いた。

「おっとっとぉ……？」

ましゃっとは、あきらめないのか。ぴょんっと跳ねて、飛(とび)の左斜め後方に移動すると、目が合った瞬間、変顔をした。顔全体をしかめて、器用に前歯だけ剥(む)きだしている。これは、あれだ。ウサギに似ている。

ウサギと言えば、黄色いウサギのようなましゃっとの人外ルーヴィが、主(あるじ)の後ろでぴょんぴょんジャンプしていて、すごくうざったい。

「……どういうこと？」

飛はつい訊(き)いてしまった。ましゃっとは、ニカッ、と笑った。

「え？　どういうことって？　何が？　てか、おめおめおめ！　おめでと、弟切(おとぎり)！　いっやあ、弟切が勝つって、俺は信じてたけどね！」

「嘘(うそ)つけッ」

バクがすかさず反論すると、ましゃっとは舌を出してみせた。

「バク、正解！　俺、嘘つきました！　いくらなんでもねえ。信じてたってことはないよね。だって、バク、しゃべれるのはすごいけど、他はねえ？　未知数っていうか。まさか変身できるなんてさ。強かったんだね、バク。めっちゃかっこよかった！」

「……へッ。あたりまえだッ。オレが強くてかっこいいのなんて、晴れた空が青いのと同じレベルのアレだからなッ」

「どれだよ……」

「飛ィッ。おまえはわかれッ。おまえだけはわかっとけ、そこは。わかんなくても、のみこむんだよ。それが相棒っつーモンだろ？」

「そうなのかな……」

「そうなんだよッ」

「そうだよぉ！」

調子よく合いの手を入れたましゃっとを、飛は冷たい目で見ずにはいられなかった。ましゃっとも、まったく後ろめたくないわけじゃないようだ。

「うん。わかるよ、弟切？　言いたいことはね。俺が投票で弟切の名前、書いたことだよね？　あれはさ。俺としてはね？　弟切と戦抜するつもりなんかなかったよ。ない、ない。そんなのあるわけないって。本当、本当。ゼロだよ、ゼロ」

ましゃっとは飛とバク、そして、席についた辰神に忙しくちらちらと目を配りながら、早口でまくしたてた。

「これだけは理解して欲しいんだけど、弟切が俺の名前を書かないってわかってたから、俺は弟切の名前を書いたんだよね。全然、戦いたくないし、戦うつもりなんかないし、敵だなんて、これっぽっちも思ってないしね？」

飛は辰神を一瞥した。

「でも、辰神やウッシーとグルだったんだろ」

「うん」

　ましゃっとは腕組みをして目をつぶった。すぐに「いや！」と首を横に振る。

「あれはね？　ほら、何だろ、俺って平和主義っていうか？　みんなと仲よくしたいタイプだしさ。協力しろって頼まれたんだよね。断りづらいじゃん？　ここだけの話……」

　ましゃっとは身を屈めて声をひそめた。でも、教室内は騒がしくないし、本人の耳にもしっかり届いていると思う。

「辰神様だよ？　あのタッツーだよ？　それで、ウッシーだよ？　二人とも、ガタイがさ。あれで中学生って、反則じゃない？　自然の法則、軽く無視してない？　一発殴られたら、俺、死んじゃうよ？　怖くない？　いやいや、怖いって。怖いよね？」

　辰神はどういう気分で聞いているのか。見たところ、まんざらでもないというか。辰神はどことなく嬉しそうだ。

　ましゃっとは腰を折って手を合わせた。

「悪気はなかったんだって、マジで、ごめん、だから、許して！　俺はみんなと仲よくしたいタイプだし、弟切とも仲よくなりたいし！　ね？　いいよね？　あっ、先生、来ちゃったみたい。またあとでね！」

　教室に愛田日出義と木堀有希が入ってきて、ましゃっとはルーヴィを引き連れて脱兎のごとく駆け去った。なんだか、どっと疲れた。

もともと疲れてはいた。実際に戦ったのは主にバクなのだが、飛も何度かウッシーに蹴られた。食事の影響はよくわからないけれど、そうとうな緊張を強いられたし、少なくとも精神的にはかなり疲弊していた。

戦抜が終わると、飛は誰よりも早く体育館を出た。あれは判断ミスだったんじゃないかと、今さらながらに悔いていた。宇代轟堅がどうなったのか。せめて、自分の目で確認するべきだった。

余裕がなかったのだ。戦抜に勝った喜びなんて、微塵もなかった。むしろ、ショックを受けていた。負けるわけにはいかなかったが、バクにタウロを食べさせてしまった。

木堀がリモコンで操作すると、壁一面のディスプレイに海辺の景色が映しだされた。

「わーお！　海、海ぃー！」

ましゃっとが無邪気に歓声を上げた。海が何だと飛は思う。でも、ずいぶんきれいな砂浜だ。南のほうだろうか。青い海がきらきらと輝いている。施設にいた頃、海に連れていかれた。暑くて、人がたくさんいて、うんざりした。飛は泳がなかった。海に入りもしなかった。それがどうしたというのか。

愛田が教卓に手をついた。

「オトギリ・トビ。勝利の味はどうだ？　酔いしれてるか？」

「べつに」

飛は目を伏せて、言い直した。

「全然」

「そうか」

愛田は、ヘッ、ヘッ、ヘッ……と、下品な笑い方をした。辰神じゃないが、悪役みたいだ。悪役の中でも、あんなふうに笑うのは下っ端だろう。

「ともあれ、今回の戦抜はおまえの勝利という形で無事、決着がついた。報奨が確定し、おまえの後援金は四倍の年額千六百万円になる。全員、祝ってやれ」

担任の愛田が拍手すると、副担任の木堀と人外がいない選抜生たちも手を叩いた。他の選抜生たちもばらばらとそれに続いた。

「選抜クラスに入って早々、華々しい活躍だな、オトギリ・トビ」

愛田が拍手をやめると、A教室はすぐに静かになった。

「俺も担任として嬉しいよ。おまえみたいな生徒を指導できるのは、教師冥利に尽きるってもんだ。なぁ、木堀先生？」

木堀は無機質な声で「ええ」と応じた。飛を見もしない。

「来週の頭には弟切くんの身分証が発行される予定です。おそらく月曜に渡せるでしょう。また、理事長の裁可が下りたので、今日から東棟特別室の使用を許可します。さっそく学生寮の部屋から移動しなさい」

「しなさいって……」

なぜ命令口調なのか。飛は反発を覚えただけじゃない。

特別室。東棟の最上階には、選抜生のために設えられた居室があると、たしか辰神が教えてくれた。選抜生たちは、その最上階の特別室とやらで生活しているらしい。

選抜クラスの教室がある東棟地下は、選抜生と限られた者しか出入りできない。ネット回線は専用のＷｉ－Ｆｉだけだし、常に監視されていると考えるべきだ。最上階の特別室も似たようなものだろう。

「いらない」

飛は愛田の潰れた菱形の目を見すえて、きっぱりと言った。

「僕は寮にいる。寮でいい」

愛田はしばらく黙って飛を見返していた。理由を訊かれたら、どう答えよう。飛はそんなことを考えていたが、愛田は予想以上に強硬だった。

「却下だ」

「……僕がどこに寝泊まりしようと、僕の自由だろ。それとも、選抜生はその特別室に住まなきゃいけないっていう規則でもあるの？」

「規則」

愛田は「規則か」と繰り返した。嫌みったらしく、「規則、ねぇ」と。

「いいだろう。このあと理事長に掛け合って、そいつを規則にしてやる。理事長もお忙しい人だし、今すぐってわけにはいかねぇが、来週からはおまえも特別室だ。規則になったらちゃんと守れよ、オトギリ・トビ。おまえが言いだしたんだからな」

「……ケッ」

バクが吐き捨てるように言った。

「弟切くんは二人部屋を一人で使っていますね」

木堀は飛のことを話しても、相変わらず飛のほうに目を向けようとはしない。

「誰か付き添いなさい。一人では寂しいでしょう」

何が、一人では寂しい、だ。どこまでも冷淡な木堀の口から出てくる言葉とは思えないし、飛にはバクがいる。寂しいわけがない。見張りでもつけるつもりなのか。

「はいはーい！」

「んゃっ」

ましゃっととほまりんが同時に挙手した。半分演技だろうが、ましゃっとがぎょっとしたような顔をしてみせた。

「えぇっ。ほまりん、弟切と同じ屋根の下どころか同じ部屋で週末過ごしたいの⁉ 一応、男子と女子だけど⁉ 一応じゃないや、めっちゃ男子と女子だけど！」

ほまりんは赤面した。

「ほゎっ。そっか。間違った。てゆうか、ど忘れしてた。弟切、男子だしょや……」

飛を女子だと勘違いしていたのだろうか。それはそれで衝撃的というか、どうかと思う。バクがぼやいた。

「……つーことは、ましゃっとかァ？　ルーヴィもかよ……」

ましゃっとはいまいち信用できない。いまいち、どころか、信用したら絶対、馬鹿を見ることになりそうだ。ルーヴィはルーヴィで、ひっきりなしにぴょんぴょんぴょんぴょん跳ねるから、落ちつかない。同じ部屋にいたら、ものすごくストレスがたまりそうだ。

「じゃあ」

唯虎が手を挙げた。

「えっ」

ましゃっとは挙げた手をもっと高く挙げようとして、跳び上がった。

「俺、俺！　俺のほうが先に立候補したんだから！　俺だよ、俺！　ね、弟切？　俺でいいっていうか、俺がいいでしょ？　俺で決まりだよね？」

なぜそこまでして飛と同じ部屋で過ごしたいのか。よくわからないし、気持ち悪い。疑わしくもある。ましゃっとには何か変な魂胆があるんじゃないか。辰神、ウッシーとぐるになっていたように、今度は愛田や木堀の手下になっている。勘ぐりすぎかもしれないが、そんな可能性すら飛の脳裏をよぎった。

「唯虎」

飛は軽く頭を下げた。

「お願い」

「うん」

唯虎は笑顔でうなずいた。

「嘘ぉぉん！　そんなあぁぁ。弟切との歴史は、俺のほうがずぅぅぅーっと長いのにぃぃ。何だよぉぉぉ。ひどいよぉぉ……」

ましゃっとは泣きべそをかいている。わざとらしいにも程があるし、やかましい。

木堀が愛田と目配せを交わした。

「まぁ、いいだろう」

愛田は教卓に手をついて、じっとりした目で飛と唯虎を見た。

「せいぜい荷物をまとめておけ。由比は、オトギリが妙な真似をしないか、しっかりと見張れよ。何かあったら、俺か木堀先生に報せろ。報せるべきことを報せなかったせいで何か問題が発生したら、おまえに責任をとらせる。わかったな」

「はい、先生」

唯虎は礼儀を守った言い方をしたが、はい、というより、はぁい、という感じで、先生、の発音は、せんせ、に近かった。飛にはそう聞こえた。

+++ + ++++

飛とバクは唯虎、セラと一緒にＡ教室を出た。愛田や木堀、他の選抜生たちも帰ったあとで、東棟地下一階の廊下にはひとけがなかった。

「そういえば、医務室って――」

飛は廊下の先に目をやった。飛たちが出てきたＡ教室の隣はＢ教室で、Ｃ教室、準備室、と書かれた室名札が並んでいる。医務室は準備室の向こうだ。戦抜後、宇代轟堅(うしろごうけん)はあの部屋に運ばれたらしい。

「医務室？　ああ……」

唯虎は表情を曇らせた。この選抜生は人当たりがいいし、誰にでも好感を持たれそうな外見の持ち主だ。平気で他人を叩(たた)きのめしたり、利用したりするから、辰神(たつがみ)のことが我慢ならない。唯虎はそう言っていた。きっと唯虎は、平然と他人を攻撃したりしないし、利用することもないのだろう。

でも、何か翳(かげ)がある。常に、ではないけれど、重たい暗さがときどき漂う。

「宇代のこと、気にしてる？　あいつは辰神と同類の下衆(げす)だし、心配することないよ」

バクが、ヒヒッ、と笑った。

「下衆とはなかなか言うじゃねえか。見た目は優男風なのに、じつはヤンチャかァ？」

「ヤンチャなのかな。育ちはよくないけど」

そんなふうに笑みを浮かべると、育ちがよくないどころか、良家の子息にしか見えない。そうじゃないのか。

「俺、五人兄弟の長男なんだ。弟と妹が二人ずついて。裕福な家じゃないし、大変でさ」

「……苦労人？」

飛が言うと、唯虎は否定しなかった。

「まあね。上辺を取り繕って、それなりになんとかやっていくのは、わりと得意かな」

「そのわりに、辰神のヤローにはやたらと当たりがきつくなかったか？」

バクが訊くと、唯虎の瞳が急にどんよりと暗く濁った。

「あいつは——相性がよくないとか、そういうことじゃないんだよな。恵まれてそうなのに、なんであんなふうに……」

辰神との間に、何かよっぽどの確執があったのだろうか。

いずれロードとバクが戦うときが来る。辰神はそんなことを言っていた。

ロードはあのタウロより強いようだ。飛としては、できればバクをロードとは戦わせたくない。かといって、辰神と仲よくできるのか。ましゃっとのように媚びを売ったり、要求に従ったりするのは、ちょっと無理かもしれない。

きっと、唯虎も同じなのだろう。辰神とはどうしてもそりが合わない。飛はバクを戦わせたくはないが、唯虎はその点が違っている。唯虎はやる気だ。

自信があるのだろうか。今も唯虎に寄り添っているセラの体格は、ロードやタウロと比べても見劣りしない。豹にそっくりだが、豹としても大型だ。アメリカ大陸に棲息しているジャガーくらいの大きさがある。それでいて、どうかすると見失ってしまうほど存在感がないのだ。考えてみると、そこが不気味でもある。

「唯虎は行ったことある？　医務室」

「何回かね。養護教諭みたいな人はいない。必要があれば、リモートで外部の医者が診断してくれるんだ」

「リモート……」

「ネット経由で、医者が体温とか心拍数とかをモニターできるようになってる」

「飛はローテクだからな！」

バックパックには言われたくないが、実際、飛はハイテク機器に詳しくない。

「……で、今までの、その――戦抜で負けた人も、医務室に？」

唯虎は斜め下に目線を落として、「ああ」とうなずいた。

「医務室に運ばれる。俺も運ぶのを手伝ったことがあるし。だけど、そのあとのことはわからない。愛田先生と木堀先生は知ってると思うけど」

「人外は……戻らないよね」

「戻らない」

「けど、負けた選抜生は戻ってくる――」

「宇代（うしろ）も、月曜日には教室に姿を見せると思うよ。今までそうだったから」

「フゥーム……」

　バクが唸（うな）った。

　人外を失った主（あるじ）は虚心症になる。宇代轟堅（ごうけん）は失神しているようだった。あれは虚心症だ。虚心症の患者を、養護教諭のような専門のスタッフすらいない医務室に運んで、どんな処置を施しているのか。

　そして、人外が復活することこそないものの、たった数日で虚心症の患者が選抜クラスに復帰する。普通に考えれば、それはもう患者じゃない。虚心症から回復している。

　何らかの方法で、誰かが虚心症を治療したのだ。

#1-3_otogiri_tobi/ 切るよ

「――ていう感じで……」

飛は個室にこもってスマホを耳に当てていた。

『うーん……』

スマホの向こうで浅緋萌日花が深々とため息をついた。

『なんか、とりあえず、お疲れさま、としか言いようがないけど。うん。お疲れ』

あのあと、由比唯虎は一度、東棟最上階の特別室とやらに行った。待ってて、と言われたので東棟の外にいたら、ダッフルバッグを持った唯虎がセラを連れてすぐに現れた。

彼らと一緒に寮の部屋に戻るまで、色々なことを忘れていたわけじゃない。

たとえば、自分がただの中学生じゃないこととか。ただの中学生だったら、魁英学園に編入したりしなかった。何を隠そう、飛は現役の中学生にして、内閣情報調査室特定事案対策室、略して特案という、人には知られていないが公的な機関に所属している。特案の実行部隊、クチナシの一員なのだ。本名とは別にヒタキという暗号名まである。

ヒタキこと飛は、極秘、というと大袈裟かもしれないが、口外するわけにはいかない任務を帯びている。

特案は、人外を持っていて、かつ人外が見える人外視者たちを、見守り、と称して監視下に置いていた。監視といっても、必ずしも四六時中見張っているわけじゃないし、基本的には対象者の行動を制限することもない。何かおかしなことをしでかさないか。妙なことに巻きこまれないか。まさしく、見守っている。

そうした見守りの対象者、それも複数名が、遠方からわざわざ魁英学園(かいえいがくえん)に入学し、消息がはっきりしない。そんな事件未満の出来事が起きていた。その調査のために、クチナシが魁英学園に送りこんだ人員こそ、ヒタキこと弟切飛(おとぎりとび)、そして、パイカこと浅緋萌日花(あさひもにか)なのだ。まあ、人員は他にもいるのだが、ひとまずそれはいい。

消息が明確に掴(つか)めなかった見守りの対象者たちは全員、選抜クラスにいた。これは、バクを連れている飛が選抜クラスの適格者と見なされ、スカウトされた結果、判明した事実だ。ある意味、運がよかった。

魁英学園では、人外視者を選抜クラスに集めて何かしている。

その何かが見えてきた。尻尾(しっぽ)くらいは掴んだ、と言ってもいいだろう。

戦抜だ。

どういうわけか、選抜生の人外と人外を戦わせて、食わせる、という——あれを、ゲーム、と呼んでいいのか。ともあれ、選抜クラスではそんなことが行われていた。選抜クラスとは、戦抜クラスだったのだ。

事が事だけに、クチナシの指揮官、ハイエナという無精髭の中年男に報告するのが筋なのだろう。でも正直、億劫だった。あれもこれも、一刻も早く報告したほうがいい。わかってはいても、だるいものはだるい。飛は疲れていたのだ。唯虎とセラもいるし。彼らの前で、中年男に秘密の連絡をするわけにもいかない。

しょうがないから、スマホ一つ持ってトイレに入り、便座に座って萌日花にテキストメッセージを送った。萌日花は秒で音声通話を求めてきた。壁の向こうに唯虎とセラがいるのだが、大丈夫なのか。バクがうまい具合に唯虎と無駄話に花を咲かせているみたいだから、小声で話せば平気か。

ぐずぐずしているのも面倒くさくなって、飛は結局、口頭で萌日花に色々と報告した。色々しゃべったし、何をどう話したか、よく覚えていない。余計なことは言わなかったと思うけれど、おそらく何か言い忘れている。

「……とにかく、そういうことなんで。これから、僕……どうしよう？」

『由比くんって人が部屋にいるんでしょ？』

「いる。バクと話してる。なんか盛り上がってる。笑ってる……」

『下手に動かないほうがいいかな。隊長と相談して、何かあれば指示するから』

「月曜には、特別室……？　だったかな。そこに移ることになりそう。今より連絡とりづらくなるかも。わからないけど」

『そうだね。けど、他の選抜生はみんな、特別室なんでしょ？』

「みたい」

『人外喪失者も』

戦抜に負けて人外を失った者を、萌日花はそう呼ぶことにしたらしい。

「たぶん」

『様子をうかがう機会が増えそうじゃない？　私も興味があるけど、もっと大きい話に繋がるかもしれないし。虚心症を治癒できるんだとしたら、大発見』

「うん……」

飛は何か引っかかるものを感じていた。何が引っかかっているのだろう。疲れて頭が重たいせいなのか、わからない――と眉間のあたりを拳で押したそばから、気がついた。

萌日花だ。

人外がいないのに、萌日花は人外が見える。人外視者だ。

選抜クラスの人外喪失者と何が違うのだろう。同じなんじゃないのか。

「あぁ……」

飛は訊こうとしたが、あの、と切りだしかけて、その、あ、までしか言えなかった。どうせ、こみいった事情があるに決まっている。知りたくないわけじゃないけれど、今は聞きたくない。それに、もし萌日花が話したくないことだったら、訊くのも悪い。

「うん、わかった。じゃ」

『飛とバクが無事でよかった』

一息で言いきって、萌日花は通話を終了させた。

「……何だよ」

飛は便座から腰を上げて一応、水を流した。トイレを出ると、唯虎（ただとら）はセラを背もたれにしてベッドに腰かけていた。

「あ、弟切（おとぎり）。晩飯、どうする？」

「出したぶん入れねえとな！」

バクが飛のベッドの上で、ゲヘヘッ、と笑った。飛がトイレで何をしていたのか、たぶんバクはわかっているはずだが、そうとは思えない言い種（いいぐさ）だ。

「飯か……」

飛は腹をさすってみた。ぐう、と腹の虫が鳴いたので、我ながら少しびっくりした。

「そうだね。そろそろ、夕ご飯の時間か。何か食べようかな」

「学食、行かない？」

唯虎が立ち上がった。

「東棟じゃなくて、西棟の第一学生食堂。俺、外で食べることもめったにないし、第一のほうは一回も行ったことないんだ」

「いいけど」

飛はわざとバクを持たずに部屋を出ようとした。当然、バクは怒って跳ね回った。

「オイッ！　オレをひとりにするつもりかッ!?　連れてけッ！」

「ごめん。忘れてた」

「相棒のオレを、忘れてた……だとォッ!?　それ本気で言ってんのか、飛、おまえッ!?」

「本気なわけないだろ」

「嘘かァーいッ！　嘘なんかァーいッ……！」

飛が暴れるバクを担ぎ上げると、唯虎がセラの頭を撫でながら目を細めた。

「なんか、いいな」

「……いいって、何が？」

「俺とセラは心が通じあってるけど、話すことはできないからさ」

「たまにうるさいけどね」

「ンだとォ!?　オレのどこがうるせえんだッ。言ってみやがれ、飛ッ」

「今とか……」

「オレはうるさくねえ。断じてッ。にぎやかで面白おかしいだけだ！」

「たしかに」

唯虎は声を上げて笑いだした。

「こんな人外がいるなんて。弟切はわりと物静かな感じなのに、バクは真逆だし」

「飛の足りねえ部分を、このオレが補ってやってんだよ。何せ相棒だからな。本当はオレも、ぺちゃくちゃしゃべったりしねえクールガイなんだぜ」

「悪いけど、それは信じられないな」

「何ィッ！　唯虎ッ！　おまえのそういうとこ、オレは嫌いじゃねえぞ」

「ありがとう。オレも面白いバクが好きだよ」

バクと唯虎がすごく仲良くなっている。このままだと、飛まで唯虎と親しくなってしまいかねない。そうなったら、任務に支障を来したりしないだろうか。どうなのだろう。

寮を出て西棟の第一学生食堂に行くと、萌日花が夕食をとっていた。一人じゃない。三人か四人の女子生徒とテーブルを囲んでいる。

「もッ――」

バクが萌日花の名を口にしようとしたので、飛はストラップをぎゅっと引っぱって止めた。唯虎はべつに不審がっていないようだ。萌日花も飛のほうを一度ちらっと見たきり、こちらに目を向けない。

萌日花は飛とバクは無視するつもりだったに違いないが、セラを連れた唯虎が視界に入ってさすがに驚いたようだ。食券販売機の前にできている列に並んだ唯虎とセラを、萌日花は何回かチラ見した。

飛にしてみれば、そんなに見ないほうが、と思わなくもなかったけれど、選抜生の制服を着ている生徒はめずらしいから、そこそこ注目を浴びている。たくさんの視線の中に萌日花の分が混じっているだけだ。

唯虎は、梅おろしハンバーグ、じっくり煮込んだ肉豆腐、ぱりぱり春巻き、アジのさわやかマリネ、特製まぜご飯の大に、名物豚汁を選んだ。飛はチキン竜田丼にした。

支払いは唯虎が選抜生の学生証ですませてくれた。選抜生の特典で、学食での食事は無料なのだ。

あいているテーブルが、たまたま萌日花たちのテーブルと近かった。萌日花も気になるだろうが、飛も同じだ。そうはいっても、空席を前にして他の席を探すのは不自然だろう。飛はそしらぬふりを装って座ることにした。

「……つーか、ずいぶん頼みやがったなァ、唯虎」

バクが呆れている。食券機で次々とボタンを押してゆく唯虎を見て、飛も内心、引いていた。こうやってテーブルに料理が並ぶと、壮観だ。

「つい、ね。たくさん食べたくなっちゃって」

唯虎は首を傾けて頭を掻いた。少し恥ずかしそうだ。

「貧乏性っていうのかな。あんまりよくないと思ってるんだけど。俺、弟と妹が二人ずついるって話したよね」

「あぁ。聞いた」

「五人兄弟で、両親と、じいちゃん、ばあちゃんがいて、おばさんと、その子供もいてさ。三人なんだけど。ちょっとした大家族なんだよね」

飛は思わず数えてしまった。祖父母に、両親、叔母と、子供がぜんぶで八人。合わせて十三人か。ちょっとした、どころか、そうとうな大家族だ。

「……それは——にぎやかそう」

「たまに逃げだしたくなるくらいにはね」

唯虎は、いただきます、と目をつぶって合掌してから、箸を手にした。

「どうしても、唐揚げを大量に揚げて、ご飯と味噌汁、とか、夏ならそうめんを大量に茹でて、とか、膨大な量のナポリタン、とか——極端な例だけど、そんなふうになりがちなんだよね。うちのご飯。色んなものが入ってる弁当とか、すごい豪華に見えて。何品も選べるなんて、それだけでテンション上がる。いまだに、だよ？」

しゃべりながら、唯虎はどんどん料理を平らげてゆく。話しながら食べているのに、くちゃくちゃ音を立ててるでもない。噛んでのみこむまでが、とてつもなく速い。

飛も負けじとチキン竜田丼を食べはじめた。べつに負けてもいいのだが、早食いには地味に自信がある。でも、唯虎は速度だけじゃなく、食べ方もやけにきれいだ。あそこまで丁寧に、何一つ残さず食べようとしたら、飛だともっと時間がかかるだろう。

「ひとに言うようなことでもないけど、うち、火の車だったから。俺が選抜生で学費とかぜんぶ免除になって、本当に助かったよ。下の弟と妹はまだ小さいし、後援金で大学とか行かせてやれたらいいな。ずっと一緒だと疲れるけど、やっぱりかわいいんだよな、あいつら。ミルクあげて、おむつ換えて、風呂に入れて、寝かしつけて、遊んで。俺に懐いてるしさ。最近だよ。夜、俺が電話しなくても、眠れるようになったの。兄離れしろよって言ったら、しないって即答だもん。ああ、うまかった。ごちそうさま」

食べ終わったのは、ほとんど同時だった。飛のほうがほんの少し早かっただろうか。とはいえ、唯虎はかなりしゃべりまくっていて、飛は聞き役に徹していた。品数も量も違う。互角とは言えないだろう。

「ていうか……」

唯虎が目を丸くした。

「弟切、早っ。俺より食べるの早い人と初めて会ったかも」

「こっちの台詞だからな、それ……？」

バクが飛の気持ちを代弁してくれた。

勝ち負けにこだわりはない。それでも飛は少々悔しかった。

「唯虎、何か飲む？」

「飲み物？　あ、買ってこようか？」

「いや」

飛は席を立とうとした唯虎を制した。

「何がいい？」

「俺？　飲むなら、オレンジジュースかな。子供の頃からオレンジが一番なんだよね」

「わかった」

飛はテーブルを離れ、自動販売機で果汁百パーセントのオレンジジュースを二本、買ってきた。

「はい」

「いいの？　ありがとう」

唯虎は微笑(ほほえ)んで缶のプルトップを開け、一気に飲み干した。

「はぁ、うめぇ……」

顔をくしゃくしゃにして、本当にうまそうな表情だ。

飛も同じオレンジジュースを飲んでみたが、甘酸っぱくて美味ではあるものの、唯虎ほど純粋にうまいと感じてはいない気がする。

唯虎はあっという間にバクと仲よくなってしまった。飛との距離も、すでに縮まりつつある。

もしかして、ものすごくいいやつなんじゃないか。飛はそう思いはじめている。

「ここでするような話でもないけど――」

唯虎は空っぽになった缶をもてあそびながら言った。

「今日、弟切がやった、あれ」

戦抜のことだろう。飛がうなずくと、唯虎は続けた。

「最初は、やらなくていいよねって話になったんだ。みんなで示しあわせれば、回避できるし、そういうルールなんだから。卒業まで回避しつづければ、全員が同じだけ後援金をもらえる。フェアだし、増えなくてもそれなりの額なんだ。四百万って――」

唯虎は具体的な金額を口にしたときだけ、さっと周りに目を配った。

「ここだけの話、俺の父さんの年収より多いよ。俺はそれで全然よかった。俺だけじゃない。多数決はとらなかったけど。はっきり反対するやつが何人かいたら、クラスが割れるだろ。それは避けたかったし。でも、完全にその線で行こうって流れになってた」

「反対者が、いた？」

飛は唯虎の答えを聞く前に、それが誰か、おおよそ見当がついていた。案の定だった。

「辰神が、あからさまに津堂を馬鹿にしたり、変な悪戯をしたりするようになったんだ」

「津堂――」

人外喪失者の一人だ。津堂亥は、特案の見守り対象者の一人でもある。もう一人の見守り対象者は酒池ほまりで、彼女にはデッドオーがいる。

「辰神はあれで、小学生みたいなくだらないことをする」

唯虎の双眸がやけに黒く見える。辰神の話をするときの唯虎は、別人のようだ。

「持ち物を隠したりとか、おかしな呼び方をしたりとか。けど、あんなこと実際やられると、頭にくるよ。何を言っても、やめないし。津堂はだいぶ我慢してたけど、とうとう堪忍袋の緒が切れた。やめとけって、俺は説得したけど。津堂は聞いてくれなかった」

「……投票で、辰神の名前を？」

「しかも、津堂は辰神の名を書いたけど、辰神は違った。あいつは俺の名前を書いた」

「どういうこった？」

バクが尋ねると、唯虎は肩を上下させて大きく呼吸をした。思いだすと腹が立ってしょうがない、とでも言わんばかりだった。

「辰神は津堂をからかったんだ。どうせ自分の名を書く度胸はないだろうから、他のやつの名を書いたんだとか言って。津堂はキレて、辰神を殴った。辰神はどうしたと思う？」

「殴り返した……とか」

飛は他に思いつかなかった。唯虎は首を横に振って、高い声を出した。

「『先生ぇ、津堂くんが叩くぅ』……そう言って、泣く真似までしてみせた。次の週の投票ではお互いに名前を書いて、みんな津堂を応援したけど、勝ったのは辰神だった」

胸が悪くなる。

小学生みたいな、と唯虎は表現した。たしかに幼稚だ。見え透いた挑発だが、受け流せるだろうか。飛が津堂でも、逆上してしまうかもしれない。もちろん、辰神はそれを見越している。受けて立たなければ、それをネタにして、さらにこき下ろすに違いない。

「辰神のせいなんだ」

唯虎がいきなり缶を握り潰した。やわらかいアルミ缶じゃない。スチール缶だ。けっこう握力が強くないと、あそこまで簡単に潰すことはできないだろう。

「あいつが始めなければ、こんなことにはならなかった——」

＋＋＋＋＋＋＋＋

向かいのベッドでは、唯虎がいびきをかくでもなく、規則正しい寝息を立てている。唯虎の足許で体を丸めているセラはどうだろう。暗がりの中で、セラの瞳は猫や犬と同じように光る。今はたぶん、セラは目をつぶっている。光る目は確認できない。

飛は枕元に置いてあったスマホを持って、そっと身を起こした。唯虎の様子に変わりはない。寝息が聞こえる。熟睡しているようだ。

セラが首をもたげて目を光らせたので、飛は息を詰めた。でも、セラはすぐにまた目をつぶって頭を下げた。

飛はそろりとベッドから下りた。床に転がっていたバクがぴくっとした。

「……ん？」

「しぃーっ」

飛が人差し指を立てて唇に当ててみせると、バクは小首を傾げるように身をよじった。

「どっか行くのか？」

バクは一応、小声で訊いてきた。唯虎は見たところ大丈夫そうだ。よく眠っている。と思う。おそらく。セラは気づいていて、知らんぷりをしてくれている。

飛は無言でスマホをバクに見せた。

「……あぁ。そうか」

バクは仕事の連絡か何かだと解釈したようだ。

「だったらオレも連れてけよ」

飛は聞こえないふりをして、忍び足で部屋の出口に向かった。

「オイ、飛、コラ、おまえッ。オレを連れてけっつーの。騒ぐぞ。唯虎を起こしてもいいのかよッ。オイッて――」

文句を並べながらも、バクは声をひそめている。飛はかまわず部屋を出た。

もう午後十一時近くで、寮の玄関は施錠されているし、監視カメラもある。管理人の寮長は常駐しているようだから、あまりおかしなことはしないほうがいいだろう。

飛は共用トイレの小窓を解錠し、そこから外に出た。何階だろうと、飛なら外壁伝いに下りられる。

魁英学園は屋外もカメラだらけだ。映らないようにカメラを避けるにはコツがいる。第一に、舗装された道を通らない。道以外でも、カメラの死角を移動するように心がける。樹木や生け垣、柵といった遮蔽物を利用するのも有効だ。

カワウソこと灰崎逸也という男がいる。飛が通っていた中学校で用務員として働いていたのだが、じつは彼はかつて特案に在籍していた。紆余曲折あって、復帰した、ということになるのだろう。用務員を辞め、魁英学園で守衛の職を得て、飛と萌日花をひそかにサポートしている。

その灰崎がカメラに映らない場所を見つけた。弓道場の裏手にある、小さな丘の上だ。

飛は丘の上でポケットからスマホを出した。

「もう十一時か……」

本当はもっと早く部屋を抜けだしたかった。けれども、焦って行動を起こしたら、唯虎が目を覚ますかもしれない。そもそも、唯虎がすっかり眠っているのか、なかなか確信が持てなかったのだ。

迷いもあった。何も唯虎の目を盗むことはないんじゃないか。正直に話せば、唯虎なら理解してくれそうな気もする。

ただ、正直に話すといっても、何をどこまで話せばいいのか。ある程度までは隠すべきか。ある程度とはどの程度なのか。隠すとなると、嘘(うそ)をつくことになるのか。飛は嘘をつくのが苦手だ。どうせバレる下手な嘘なら、つかないほうがいいんじゃないか。

だいたい、連絡するべきなのか。

話したいことはある。伝えたいことが。用事はある。何の用もないのに連絡するよりは、ハードルが低い。

でも、夜だ。けっこう遅い時間だ。迷っているうちに時間が経(た)って、どんどん遅くなる。夜に連絡するというのは、どうなのだろう。午後七時とか八時ならともかく、九時どころか十時を回って、もう十一時になってしまった。

これは非常識な行為なんじゃないか。

気がつくと、飛は寝間着代わりに着ているジャージの袖をかじっていた。袖を噛(か)むのはやめよう。おいしくないし。味の問題でもない。袖は噛むものじゃない。

非常識だとしたら、まずい。常識がない人だとは思われたくない、というよりも、迷惑をかけたくない。

「……普通、連絡って、何時(いつ)くらいにするものなんだろ？」

飛は愕然(がくぜん)とした。

「わかんない……まったく……」

きっと友だち同士なら、連絡くらいとりあったりするものだ。たぶん、日常的に。スマホは便利だ。互いにスマホを持っていて、電波が通じさえすれば、どこでも、いつでも、テキストを送り合える。話すことだってできる。特案に八式佐香音という人がいて、あれこれと飛の世話を焼いてくれる――というか、飛の未成年後見人にまでなってもらったのだが、彼女が教えてくれた。スマホを使うと、ビデオ通話といって、顔を見て話すこともできる。聞くところよると、友だちとビデオ通話する人もめずらしくないらしい。ヤシキも、たまに親や祖父母とビデオ通話をすると言っていた。

「で、常識的には、何時くらい……？」

わからない。飛には見当もつかない。

「そっか、調べれば……？」

今、手に持っているスマホで検索すればいい。検索窓に文章で質問を入力すると、その回答に該当する情報が即座にネットから収集され、表示されるのだ。これもまたヤシキに教えてもらった。

「……ていうか本当に、便利すぎない？　スマホって。こんなのみんな、普通に持ってるとか。考えてみたら不思議だし。なんか、おかしい……ような？　微妙に……そのうち世界、滅んじゃいそう……」

飛は検索窓に質問を入力しようとしていたのだが、途中で怖くなってきた。

質問した途端、回答が出る。それは誰の回答なのか。その誰かが嘘つきだったら？　しかも、飛と違って、ものすごく上手に嘘をつく人かもしれない。あるいは、とても頭がいい、物知りな人かもしれない。どう見分ければいいのか。飛に判別できるのか。

素早く回答が出る、というのも、何やらあやしい。それが技術なのか。ハイテクだ。でも、仕組みがわからないだけに、騙されているんじゃないか、という思いが拭えない。もっと単純な恐れもある。午後十一時は非常識だ、という答えが出てしまったら、どうしたらいいのか。そのときはもちろん、連絡はしない。するべきじゃない。

「……やぁ、でもな……」

またジャージの袖をかじりそうになっていた。

飛は頭を振った。その結果、脳に何らかの刺激が送られて、閃いたのか。

「ＳＭＳなら、大丈夫でしょ？　大丈夫……じゃない？　もう寝てるかもだけど、あとで読んでくれたらいいし。そうだよ。いきなり電話しなきゃいけないってこともないし。何、迷ってたんだろ。そんな、迷うようなことでもないし。友だちに、連絡するだけだし……部屋でもできたし。わざわざ外に出なくても、よかったし……」

飛は咳払いをした。カメラの死角で、周りに誰もいないとはいえ、ぶつぶつ呟くのはもうやめよう。どうも平静を失っていたらしい。落ちつこう。

今度、話したいことがあります。飛です。今度、話せますか。

入力してみたはいいものの、おかしな文章になってしまった。直したほうがいいだろうか。迷っているうちに、また感情が乱れそうな予感があった。

思いきって送信すると、間もなくスマホが震えだした。

「うわっ……」

飛のスマホはマナーモードに設定してある。着信だ。この振動はその通知だ。電話だ。相手の名がスマホのディスプレイに表示されている。

「——りゅ、龍子……」

『飛っ』

「……も、もしもし……？」

飛はほとんど反射的に、応答、をタップしてスマホを耳に当てた。

大声じゃない。やや籠もっている。でも、間違いない。

「龍子」

『はいっ……』

「えー……と……その……こんばんは？」

『こ、こんばんは、です。……夜ですものね？』

「あ……うっ……よ、夜だね。……夜、なんだよね」

『夜です』

「や、だから、何だろ、いいのかなって……」

『夜……なのに？　といったことでしょうか？』

「うん。そう。遅いと……うーん……寝てるかも？」

『起きていました。よかったです。起きていて』

「そっか。……そうだね。よかった。起こしちゃったりするのは、あんまり……」

『平気ですけど。飛からの連絡だったら、わたし、平気です』

「……そう？　まあ……え？　全然、寝てなかった？」

『ベッドの中にはいます。あっ。正確には、お布団の中ですね。ベッドの上で、お布団にくるまっています』

「それで？　声が、なんか――」

『聞きとりづらいですか？』

「や、大丈夫、ちゃんと聞こえる」

『飛は……今、どこに？』

「外、なんだけど……どう説明したらいいかな。部屋じゃなくて。部屋には……人がいて。僕じゃない。あたりまえか。同室の……？」

『ルームメイト？　でしょうか？』

「あぁ……そんな感じ？　かな。今日からなんだけど。その前は、一人だったんだけど」

『……何やら複雑な事情が？』

「なくも、ない……かな。複雑……うん。ごちゃごちゃしてて、一口ではちょっと」

『そうですよね。お仕事だもの。バクは元気ですか？』

「元気。だよ。元気……」

片言のような言い方になってしまった。

タウロと激闘を繰り広げたわりに、バクはけろりとしている。戦って、勝っただけじゃない。バクはタウロを食べた。そのせいなのか。バクはわりと元気だ。とはいえ、そのあたりの経緯を話すわけにはいかない。龍子の言うとおり、仕事が絡んでいる。

『一緒じゃないの？』

「……部屋。にいる。置いてきた」

また片言気味になってしまった。

『そうなんですね。じゃ、バクにはあとで、よろしくお伝えください』

「……うん。伝えとく」

なんだか会話が終わりそうな流れだ。龍子が何も言わない。この間は、気まずい。

「あ、龍子」

『あ、はい』

「ええ……あぁ……そうだ、浅宮の病院とか、行ってたりする？」

『えっ、浅宮くん……？』

龍子は意表を衝かれたようだ。

『病院には……はい、何度か。お見舞いに行かせてもらって』

「僕は……行けてないんだけど。浅宮……どう？」

『……悪くはなっていないと思います。とくに変わりない、というか』

「そっか……だよね。でも……もしかしたら、だけど……」

『もしかしたら？』

「可能性でしかないんだけど。治せる……かも。虚心症」

『……本当ですか？』

「かも、だよ。あくまでも。かも、でしかないんだけど……」

『わたし、試してみたんです』

龍子の声音が急に変わった。変わった、とは感じたけれど、具体的にどんなふうに変わったのか。飛にはよくわからなかった。

『チヌに頼んで。チヌの力で、わたしの声を浅宮くんに届けてもらえないかと』

「声を。……龍子の」

『できるような気がしたんです。だけど、うまくいかなくて……全然、だめで……』

「……そうだったんだ。そんなことを」

『治る……かもしれない？』

「何がどうしてとか、そういう話はできないんだけど」

『ですが、浅宮くんを、治してあげられる……かもしれないんですね？』

飛はだんだん胸が苦しくなってきた。龍子にこの件を話そうとは思っていた。龍子には伝えておくべきだ。本当に話してよかったのか。

「……すごく期待されちゃうと、あれだけど。可能性は、ゼロじゃないっていう……」

『もちろんです。でも、希望がないわけじゃない……そうですよね？』

「だと、いいなって」

『そうだと、いいです』

「うん」

龍子はおそらく理解してくれている。望みがなさそうだったのに、ひょっとしたら、そうじゃないかもしれない。飛が言っているのは、そういうことだ。進める道が見つかったわけじゃない。どうも道がありそうだ。ただそれだけのことでしかない。

「……あぁ、そ——なんっ……」

飛は伝えるべきことを伝え終えた。用件がすんでしまった。

言葉が出てこない。

『っ……』

龍子は笑いかけたのかもしれない。

二人して、たっぷり五秒間は黙りこくっていた。ひょっとしたら、十秒を超えている。

「……また」

『はい』

「また、連絡するよ」

『遅い……ですものね。もう』

「うん。だから……また」

『はい』

「切っ――……」

なぜ、切るね、というだけのことが、ちゃんと言えないのか。喉が詰まっている。何が詰まっているのだろう。

『……切りづらい、ですよね。どうしてなんでしょう……？』

「どうしてだろう……」

『わたしから、切ったほうが……？』

「え、なんで？」

『連絡してくれたのは、飛ですし。代わりばんこというか。だとしたら、切るのは、わたし、ということに……ならない？』

予想以上に待った。

『なる、ような……気もするので、ここはわたしが、切っ――……』

飛は息をのんだ。言うのか。切る、と。龍子がそのつもりなら、飛は待つことにした。

『ふぃっ……』

龍子が変な声を発した。どうやら、言おうとして、言えずにいる間、呼吸をしていなかったようだ。龍子にしては荒々しい息遣いが聞こえる。

「大丈夫……？」

『……だ、だ、だいじょう……ふぅーっ……くしゅんっ』

「くしゃみ……」

『だ、だいじょうべす』

「べすって……」

『いにゃぁ』

これは絶対、大丈夫じゃない。飛は意を決した。

「切るよ、僕が」

『飛がっ……ですか……？』

「うん。また連絡するから。切るね」

「なる……の、かな」

『は、はい、きゅ、急ですね……』

「……おやすみ、龍子」

『お、おやすみなさいです、飛』

　飛はさらに、おやすみ、と言いそうになって、ぐっとのみこんだ。きりがない。ループしそうだ。最後だ。次が最後にしよう。そして、切る。飛はもう決めたのだ。

「おやすみ。じゃ」

　飛は最大限の速さでスマホを耳から離し、通話を終了させた。やった。やりきった。

　直後、後悔が襲ってきた。じゃ、という一言でしめくくったのは、どうだったのだろう。少し冷たい印象を龍子に与えたんじゃないか。そういう意図はまったくなかった、ということを、龍子に伝えたほうがいいだろうか。

　電話はさすがにやりすぎだ。今、切ったばかりなのだ。テキストメッセージならさっと読める。でも、飛が何か送ったら、龍子は返信しようとするかもしれない。龍子はベッドの上で布団にくるまっている、と言っていた。もともと寝る準備をしていたのだ。半分寝ていたかもしれない。メッセージのやりとりで時間をとらせるのはどうなのか。

「……やめとこ」

　飛はスマホをポケットにしまった。寮に戻ろう。そう思っているのに、、丘の上から動けなかった。

#1-4_otogiri_tobi/ 僕は君を信じられるか

日曜日、飛(とび)はバクを引っ担いで外出した。

寮には門限があるし、学外に出る際には寮長に申請しないといけないが、週末や祝祭日、長期休暇中なら、却下されることは基本的にないと聞いていた。そのとおりだった。唯虎(ただとら)には、自分の目で見たとおり愛田日出義(あいだひでよし)に報告する、と言われた。それはべつにかまわない。唯虎は寮に残った。飛はすんなりと魁英学園(かいえいがくえん)を出ることができた。

魁英学園は鹿奔宜(ろっぽんぎ)市の郊外にある。首都圏からそう遠くない鹿奔宜市の中央部はけっこう栄えていて、人出も多い。飛は最寄りのバス停でバスに乗り、駅前で下りた。駅直結の商業ビルを一回りしてトイレに入った。個室の中で待っていると、ハイエナがテキストメッセージを送ってきた。

尾行、監視はない。A地点で待つ。

飛は商業ビルをあとにして合流地点に向かった。合流地点はAからCまであり、すべて覚えておくように言われていた。Aは高架下を抜けた先にある細い道で、古い時計屋の手前に銀色のワンボックスカーが停(と)まっていた。

ワンボックスカーの後部座席に乗りこむと、ハイエナ、パイカこと浅緋萌日花(あさひもにか)、それから、カワウソこと灰崎逸也(はいざきいつや)が、すでに座席についていた。ハイエナが二列目、萌日花と灰崎は三列目に座っている。

「お疲れさま」

灰崎は守衛の制服ではなく、私服姿だった。派手ではないけれど、地味でもない。社会人というより大学生くらいに見える。イタチのようなオルバーを左肩の上にのせている様(さま)が、なんとも微笑(ほほえ)ましい。

飛が軽くうなずいて二列目の座席、ハイエナの隣に腰を下ろしてシートベルトを締めると、運転手のワラビーがワンボックスカーを発車させた。

萌日花はヘッドホンをして音楽でも聴いているのか。目をつぶり、頭を上下させている。服にプリントされているＴＨＡＺＥＮは、ブランドの名前か何かなのだろうか。

「まず、言っておく」

ハイエナは黒い帽子を脱いで、膝の上に置いた。この男はいつも喪服のような黒いスーツを着ている。

「ヒタキはよくやってくれてる。想像以上だ」

灰崎が腕組みをして、何度も首を縦に振った。

「持ってるっていうのかな。この仕事でも、そういうのがあって。いるんだよね。核心にふれるような情報とか出来事を引き寄せる人が。ヒタキは持ってると思う」

ハイエナが鼻先で笑った。

「おまえもわりとそっち寄りだろ、カワウソ。もっとも、ヒタキと違っておまえの場合、先走りだったり不注意だったり、余計なお節介だったりが原因なんだろうが」

「……そんな率直に正しく論評されると、いくらおれでも傷つきますよ？」

「正しい論評なら、しっかりと受け止めろよ」

「受け止めてますって。言っときますけど、もう何年も経ってるんですからね？　おれだって、あの頃のままじゃありませんから」

「大人になったってか。そのわりには、学生みたいなんだよな」

「童顔なんです。遺伝だし、しょうがないでしょ」

「オイ、飛」

バクがあくびをするようにファスナーを開けた。

「オレらはろくにオチもねえおっさん漫才を聞かされるために来たのか？」

三列目席の萌日花が「ぷっ……」と噴きだした。いつの間にか、ヘッドホンを外して首にかけている。

「ボケもツッコミも弱々なヘボヘボ漫才は、私もそのへんにしといて欲しいかな。さっさと仕事の話をしようよ、隊長」

「……ボケもツッコミも弱々……」

灰崎の眉がハの字になっている。ショックを受けているみたいだ。一方のハイエナは苦笑いを浮かべている。

「そうだな。重要な用件から話そう。こうやって直接会いたかったのは、そのためだ」

「重要な用件って？」

飛が訊くと、ハイエナはじっと目を見てきた。飛は視線をそらさなかった。

「今回の任務は、思っていたより危険だ」

ハイエナはまばたきをしない。飛の表情をうかがっている。表情の奥で蠢く、感情や思考を読みとろうとしているかのようだ。

「戦抜クラスでヒタキは戦抜とやらに巻きこまれて、勝った。今回は、な。次はどうかわからん。愛田日出義の線を探ってるが、経歴らしい経歴が出てこないし、現時点で介入するのは難しい。調査は続ける――が、ヒタキはここで下りていい。冒してもらうリスクに見合う案件なのか。今のところは微妙だしな」

「正しくは、結論を出せる段階じゃない」

萌日花が三列目席から身を乗りだして訂正した。

「人外に人外を食わせて、虚心症になった者が復帰してる。これだけだと、対処すべき特定事案とは言えないし。かといって、放ってもおけない。放っておけない事象を調べるために、飛が人外を失うリスクにさらされつづけるのは、どうなんだろってこと」

「……わっかりやすい」

灰崎が呆然と呟いた。

「すごいね、浅緋さん。いや、パイカ――」

「ナ、キ、ウ、サ、ギ」

萌日花はジト目で灰崎に人差し指を突きつけた。

「隊長の言い種は大雑把だから、整理しただけ。睡眠不足で、脳がちゃんと働いてないんだよ。単に年のせいかもしれないけど。老化」

「実際、若い頃みたいに眠れなくなったな。とにかく……」

ハイエナは肩をすくめた。

「そういうことだ。ヒタキが離脱しても、やりようはある。見守り対象の酒池ほまり、津堂亥ともに、無事みたいだしな。二人から情報を提供してもらう手もある」

「ほまりん――」

飛は言い直した。

「酒池ほまりが、ずっと無事だといいけど。保証はないよね。津堂亥とはまだ話してないから、よくわからないけど」

萌日花が眉をひそめた。

「ほまりん？　ふぅん……」

「何？」

「べっつにー」

「……行きがかりで、そう呼ぶ感じになってるだけだよ」

「でも、戦抜が成立しなきゃ、平気なんでしょ？」

「でもって何？」

「そんなに突っかかってくることなくない？」

「あのな、仲がいいのはけっこうだが――」

ハイエナが口を挟んできた。飛と萌日花は同時にハイエナを睨みつけた。

「そういうことじゃないんで」

「隊長は黙ってて」

「……俺が怒られるのかよ」

ハイエナは不満げだが、心外なのは飛のほうだ。

「僕は下りない。戦抜は避ける方法があるし、虚心症のことだってある。せっかく手がかりを掴んだところなのに、あとはみんなに任せるとか、そんなの無理だから」

「つーことだ。わかったかッ」

バクが胸を張るように体を反らせた。

「そうか」

ハイエナは右の拳を飛に向かって差しだした。

「ヒタキがそのつもりなら、これからも頼む」

飛は右手を握り固めて、第二関節の硬いところをハイエナの右拳にぶつけた。少々強めだったかもしれない。

「……っ」

ハイエナは一瞬、顔を引きつらせたが、すぐに口許をゆるめた。

「頼まれてくれるなら、俺たちのことも頼れ。いざとなったら、俺は強行突破も辞さない。気を遣わなくても、どうなろうと回り回って最後に責任をとるのは課長あたりだ。八式も何かと助けてくれるしな」

「これで、ひとを利用するのがうまいの」

萌日花が顎をしゃくってハイエナを示した。

「そういうとこがなきゃ、曲がりなりにもこの年まで役人なんてやってない」

「否定はしねえよ」

ハイエナは座席に浅く座って、黒い帽子を目深に被った。

「所詮、自分一人でできることなんざ、たかが知れてるからな。人間、くたばるときは誰しも一人だが、それまでは誰かの世話になりつづける。差しのべられた手は、恰好つけて振り払うより、握っておくもんだ――」

+++ + ++++

駅前からバスに乗って魁英学園に帰りつくと、購買部の前でましゃっとが手を振っていた。何か食べている。アイスらしい。でか黄色ウサギのようなルーヴィが、ましゃっとの周りで飛び跳ねまくっている。

完全に無視するのもおとなげない。飛は目礼だけして購買部を通りすぎた。

「ぶーぶー。ぶーぶー」

ましゃっとがブーイングしている。知ったことか。

寮の部屋に戻ると、唯虎が床にあぐらをかいて、セラの背を撫でていた。

「お帰り。どこ行ってきたの？」

唯虎はそう訊いておきながら笑いだした。

「ごめん。答えなくていいよ。挨拶ついでに言っちゃっただけだから」

飛はバクを床に転がしてベッドに腰かけた。

「散歩してきた」

唯虎は声を上げて笑った。

「散歩って。面白いな、弟切は」

「そうかァ？」

バクは、フンッ、と鼻を鳴らすような音を発した。

「このオレと比べたら、つまんねえヤツだぞ。比べる相手が悪いのかもしんねえけど。比較対象がオレだとな。よっぽど面白くねえと、つまんねえってことになっちまうからよ」

唯虎はセラを撫でるのをやめて、向かいのベッドに座った。セラは唯虎の足許に身を横たえた。

「これは俺の個人的な見解なんだけど。人外って、主とすごく似てると思うんだ。主が変われば、人外も変わったりするし。あの辰神とロードなんて、まさにそうだよ」

飛はロードの姿形を思い浮かべた。

「……偉そうだよね。どっちも」

「角があるだろ。三本」

唯虎は頭の上で右手の人差し指を動かしてみせた。

「あれ、入学したときはなかったんだ。辰神も、初めはもっとおとなしかった。しゃべり方は少し変だったけどね。辰神は戦抜で三勝してる」

「角が、三本――」

生えた、ということか。辰神が戦抜で勝つたび、ロードが人外を食べるごとに、角が一本ずつ増えた。

「主と人外は、ぱっと見ちぐはぐでも、じつは瓜二つ」

唯虎は前屈みになってセラの顎の下をくすぐった。セラは目をつぶって、ずいぶん気持ちよさそうだ。

「だけど弟切とバクは、ちょっと違う感じがする。どう言ったらいいんだろうな。人間って、みんな、欠けてたり、過剰だったりする部分があると思うんだけど……弟切の欠けてるところをバクが持ってて、その逆もあって、みたいな」

「フム。つまり、アレか？　パズルのピースみてえなことか？」

「僕とバクが、パズル？　二ピースのパズル……」

「比喩だよ、比喩ッ。混ぜっ返すんじゃねえよ。ひとが真面目な話してんのに」

「ひとが、ね……」

「オレは人じゃねえけどもッ」

「弟切とバクの話を聞いてると、飽きないな」

唯虎は笑顔だ。作り笑いには見えない。

「仮にセラがしゃべれたとしても、俺とそんなふうに会話することはないような気がする。言いあいにはならないと思うんだよな。バクは特別な人外なんだろうね」

「ハンッ！　オレが特別だっつーことなんか、一目瞭然だろうが」

「それだよ」

唯虎(ただとら)の顔からふっと笑みが消えた。

「バクは普通の人にも見えてる。人外なのに、どうして？」

「オレが知るかッ。天才に、なんであなたは天才なんすかーって訊(き)いたって、天才だからだよバカッて答えしか返ってこねえだろ。それと一緒だよッ」

唯虎は腑(ふ)に落ちたらしい。

「天才か。人間の能力は遺伝で半分以上決まるっていうけど、人外も意外とそういうものなのかもね。人外の場合は、遺伝子じゃなくて——たぶん、主(あるじ)かな」

「……すごく色々なこと考えてるんだね。唯虎は」

飛(とび)が言うと、唯虎は脚を組んで頬(ほお)に手をあてがった。

「考えてる……か。だとしても、魁英学園(かいえいがくえん)に入学してからだよ。それまでは余裕がなかったし。うちはがちゃがちゃしてたから。そういえば、学食にいた、あの子」

「え？」

唯虎が何を言いだしたのか、飛はすぐにはわからなかった。あの子。学食。

「髪が、こう——」

唯虎は頬に当てていた手を頭のほうに持っていって、指を動かしてみせた。

「ちょっと、ぼさぼさっとしてて。あと、首にヘッドホンをかけてたな。あの女子、弟切(おとぎり)の知り合い？」

「……なんで？」

「いや、なんとなく」

「知り合い――っていうか……まあ……」

「飛ィ……」

バクが呆（あき）れたようにファスナーを開けて、ため息までついた。たしかに、ごまかすつもりなら、他にいい言い方がありそうだ。でも、嘘（うそ）が下手な飛には思いつかない。

「べつに探ってるわけじゃないんだ」

唯虎は首をひねった。

「いや……探ってるのかな？　どうしても、気になってさ」

「気になるって……何が？」

「弟切と、バクのこと」

「純粋な興味だけなのかァ？」

バクが唯虎に背を向けるように身をよじった。

「用心しろよ、飛。いいヤツっぽくても、ホントにいいヤツとは限らねえ。裏で誰かと繋（つな）がってるかもしれねえわけだしな」

「……だとしても、堂々と言うなよ、そういうこと」

「しれっとしたツラで腹の探りあいなんかできねえだろ、飛、おまえはッ」

「何だと思ってるんだよ、僕のこと。……できないけど」

「そうだろうが。だったらいっそのこと、正面切っておまえはあやしいって言っちまえばいいんだ」

「俺は誰とも繋がってない」

唯虎は少しだけ顔をしかめ、耳の下あたりに手を添えて首を曲げた。

「――けど、それを証明するのは難しいかな。とりあえず、戦抜投票で弟切の名前を書くことだけは絶対にないよ。俺は次も辰神の名を書くから、弟切は俺の名を書くといい。そうすれば、弟切は確実に戦抜を回避できる」

「あのなァ、唯虎……」

バクが首を振るように体をくねらせた。

「飛はそれで一回、ハメられたんだぜ？　テメーが裏切って辰神のヤローじゃなく飛の名前を書いたら、オレとセラがやることになっちまうだろうが」

唯虎は目を瞠って、「ああ、そっか」と腕組みをした。

「そんなつもりはなかったんだけど。参ったな……」

他人を信じるのは簡単じゃない。飛がバクを信じて、バクが飛を信じるようには、なかなかいかないのだ。何が本音で、何が嘘なのか。騙そうとしていないか。傷つけたがっていないか。どうすれば見分けられるのか。

飛はポケットからスマホを出した。

「次の投票、僕は唯虎の名前を書くよ」

「……飛」

バクは何か言いかけて、やめた。

「ありがとう」

唯虎は笑みを浮かべた。

「どっちにしても、俺は辰神と戦抜をして、勝つつもりだし。辰神がまた逃げなければ、だけど。あいつさえ倒せば、俺たちはもう戦抜なんかしなくていい」

勝算があるのだろうか。唯虎とセラはロードの戦いぶりを見ているはずだ。自信がないわけじゃないだろう。でも、唯虎は闘志をみなぎらせているというより、涼しげなほど落ちつき払っている。とっくに腹をくくっているのか。勝てるかどうか、じゃない。戦って、勝つしかない。必ず勝つんだ、と。

唯虎は裏切らない。これは飛の直観だ。外れるかもしれない。そのときはそのときだ。

飛はスマホを持ち上げてみせた。

「電話、したいんだけど」

唯虎はうなずいて立ち上がった。ほぼ同時にセラも起き上がっていた。唯虎はセラを連れて部屋の出口へと向かった。

「どこ行くの？」

飛が訊くと、唯虎は振り向いて答えた。

「散歩かな」

「……散歩って」

飛はちょっとだけ笑ってしまった。唯虎とセラは部屋から出ていった。

「――で？　電話ってのは？」

バクが飛を見上げている。バックパックの状態だと、どこに目がついているのかわからない。それなのに、バクの視線を感じる。

「あぁ、うん……」

飛はスマホを両手で握った。

「ちょっと、龍子に」

「こないだ連絡したんだろ。電話で話したんだよな？　もうかよ」

「また連絡するって、言ったし」

「へェー……」

「何だよ」

「いいんじゃねえの？　しろよ。電話。かけろ、かけろ。そうだな。俺もお龍の声が聞きてえしな。ほら、飛ッ。善は急げっつーだろ。かァーけェーろッ、つーの！」

「かけるよ！」

飛は勢いで龍子に電話をかけた。しまった。まずＳＭＳで状況を確かめようと思っていたのに。前回と違って昼間だが、だからといって電話で話せる状況とは限らない。取り込み中かもしれないのだ。

耳に当てているスマホからは、呼び出し音が聞こえる。呼び出し音しか聞こえない。

「……お龍のヤツ、出ねえのか？」

飛はバクの問いかけをスルーした。これが十回目の呼び出し音だ。もう十回だ。

飛はスマホを耳から離して発信を停止した。

「忙しいみたい」

「……オォ。そうか。ウン。まァ、な……」

「何？」

「そのォ……何だ。だから、な？　ただ単に、忙しくて電話に出られねえってだけのことだろ？　そんなに落ちこむなって、な……？」

「落ちこんでないしっ」

手の中でスマホが震えた。思わず飛は立ち上がった。

「ぁっ――」

危うくスマホを落としてしまうところだった。ディスプレイを確認した。

「龍子(りゅうこ)……」

「何ィッ!? 出ろ、飛(とび)ッ」

「出るよ、言われなくたって……」

飛は咳払(せきばら)いをしてから電話に出た。

「も……しもし」

『あっ、飛? ええと、わたしです、龍子です。もしもし?』

「うん。もしもし」

『もしもし……』

「も、もしもし……」

「何回、言ってんだよッ」

バクにツッコまれた。

飛は咳払いをした。二回目だ。この短時間で二回の咳払いは多い。

「えぇ……あぁ……何を……してるかと、思って……?」

そこまで言ってから気づいた。計画らしきものが、飛には何もなかった。

『じつは、わたし、病院に来ていまして』

「病院」

『はい。それで、先ほどは出られず。申し訳ありませんでした』

「や、べつに、そんな」

『大至急、電話をしても問題ない場所に移動して、かけ直した次第です』

「……急がなくてもよかったのに」

『いいえ！』

龍子が激しく頭を左右に振る姿が目に浮かぶようだ。

『急ぎたかったので。だから、急いだだけなので。あっ。病院――』

「そっか。病院に……どこの？　え、具合でも悪いの……？　でも、日曜って――」

『お……見舞いです』

「あぁ」

『あ……さみやくんの』

「浅宮(あさみや)の……そっか。で……どう？　浅宮」

『そう……ですね。変わりは、ない……感じですが』

「うん……」

『……ですけど……食事は自分ですることもあったりするようです。いつもでは、ないみたいですが』

「……よくなってるってこと？」

『それは……どうでしょうか。ううん……わかりません。ごめんなさい……』

「龍子(りゅうこ)が謝ること――」

「アーッ。アーッ。アァァーッ！」

　バクが大声を出した。

「うっさいな……」

　飛(とび)はバクを踏みつけたくなったが、かろうじて自制した。

『うるさいとは？』

「あ、や、違うよ？　龍子じゃない。バクが叫んで」

『バク、そこにいるんですか？』

「いるよ」

「オォォーイ……！　お龍！　オレだァッ！」

　バクがあまりがなり立てるので、飛は床に座ってスマホを近づけてやった。

「聞こえるかァ。お龍！　元気かよ、オオォォーイ！　ヤッホォーゥィッ！」

「ヤッホーって……」

『……ぅや？』

　龍子が妙な声を発した。

「飛ッ。スピーカーに。スピーカーに。ヤシキに教えてもらったろ」

バクに言われて、飛はスピーカーモードにした。

「龍子？　どうかした？」

『バクがいるんですよね？』

「いるぞォーッ。オレはここだッ。お龍ッ。お龍の声は聞こえてっぞッ」

『……ううん。もしかして、今、バクがしゃべっていますか？』

「しゃべってるね。ていうか、叫んでる……」

『変ですね。何も聞こえなくて』

「なッ、なななッ、何だとォッ。オレの声が聞こえねえだとォーッ!?」

「もしかして――」

飛は手に持って自分とバクの中間あたりの位置に固定しているスマホを見つめた。

「機械だから……とか？　ええと、電話だと、機械を通して……電波？　か何かになるわけだから。声が。でも、バクは人外だし――」

「オレの声は電波に乗らねえってのかよッ。人外差別もはなはだしいぜッ！」

「……差別とかじゃないだろ。人外視者じゃないと、バクの声は聞こえないんだから。機械は人外視者じゃないし。機械が人外視者かどうかっていうのも変な話だけど」

「根性なしだな、スマホめッ。ハイテクマシンなくせによッ。気合いが足りてねえ！」

「気合いじゃどうにもならないだろ……」

『バクの声は聞こえないですけど』

龍子（りゅうこ）がくすくす笑った。

『二人がどんなやりとりをしているのか、飛（とび）の反応でだいたいわかるから、まるですっかり聞きとれているかのようです』

「オレは話してる気がちっともしねえけどな……？」

『今、バクが何か言った？』

「まァーな。アァ？　なんでわかったんだ？　聞こえねえんだろ？」

『聞こえないけど、感じたの。ふわっと、ですけど』

「……フゥム。声は届かなくても、思いは通じたりするのか？」

『声は届かなくても、思いは通じて嬉（うれ）しいって、バクが』

『わたしも嬉しいです！』

「……オ、オレァ、嬉しいとは言ってねえけどな？　一言も……」

「今、バクが照れてる」

「照れてねえわッ。だ、誰がッ……アホォッ！　オレはッ！　照れてねえ……ッ！」

#1-5_otogiri_tobi/ 運命のパズル

月曜の朝は早めに寮を出た。飛はまだ選抜生用の学生証を持っていないが、唯虎が一緒だから問題ない。唯虎のカードで認証してA教室に入ると、すでに宇代轟堅が自分の席についていた。あとの選抜生はまだ来ていない。ウッシーだけだった。

「……おはよう」

唯虎が声をかけると、ウッシーは飛たちのほうに目を向けた。

この男の顔はこんなにのっぺりしていただろうか。別人なんじゃないか。でも、ウッシーだ。顔立ちは変わっていない。顔立ちだけは。まるで本物そっくりの覆面を被っているかのようだ。覆面にしては出来がよすぎるし、中学生離れした体つきがウッシーのそれなので、やはり本人なのだろう。

ウッシーはこっちを見ている。何も言わない。無言だ。

「……飛。変だぞ。あからさまに……」

バクが囁いた。言われるまでもない。ウッシーは変だ。そんなことは見ればわかる。

ウッシーは靴を脱いでいた。大きな体を縮こまらせ、椅子の上で膝を抱えている。かなり窮屈そうだ。なぜよりにもよってあんな座り方をしているのだろう。謎だ。

唯虎（ただとら）も表情が硬い。ただ、飛（とび）やバクほど驚いてはいないようだ。

「おはよう、宇代（うしろ）」

唯虎が挨拶すると、ウッシーは口を動かした。声は発していない。口を開けたり閉じたりして、唇と唇がふれあう際に、ぱ、ぱ、ぺ、ぷ、ぱ、ぽ、という感じの音がする。

「ぽ。ぱ。ぱ。ぽ。ぽ。ぱ。ぱ。ぽ……」

そんなことを繰り返したあげく、ウッシーはようやく声らしきものを出した。

「お。は。よ。お。お。は。よ。お。お。は。よ。お。は。よ」

それからウッシーは、唇をまくりあげたまま、上の歯と下の歯を噛（か）みあわせて、すっ、すっ、すっ、すっ……と息を吐いた。

「……怖ぇよッ」

バクがそっと言った。飛も鳥肌が立っていた。ウッシーはどうしてしまったのか。

+++++++

飛は人外を喪失している選抜生たちをつぶさに観察してみた。ウッシーこと宇代轟堅（ごうけん）を含め、人外喪失者は五人。仮にこの五人を、喪失組、と呼ぶことにする。彼ら、彼女らには、何か共通点があるのか。それとも、ばらばらなのか。

まず、一見まともというか、それほど奇異な印象を受けない人外喪失者が二人いた。

その二人は、二人組と言っても大袈裟じゃないほど、一緒にいる。男子と女子だ。男子のほうは柏原総午、女子のほうは吉居未来で、二人とも辰神に戦抜で敗れ、ロードに人外を食べられてしまったらしい。

柏原と吉居は、頻繁に顔を寄せ合い、耳許で何か囁いたり、互いに声を潜めて笑ったりしている。それでいて、交際している男女が人目をはばからずにいちゃついているようには、あまり見えない。どちらかと言うと、二人はやたらと仲のいい兄妹のようだ。それに、表情や身振りがオーバーで子供っぽい。二人だけの世界を作っていて、近寄りがたい雰囲気がある。

特案の見守り対象者だった津堂亥も喪失組の一人だが、彼はとにかくスマホから目を離さない。Ｃ教室ではタブレットを使っていた。どうやら読書をしているようだ。それ自体はべつに異常な行動とは言えない。でも、思いきって話しかけてみたら、かなり面食らう羽目になった。

「あ？　だからそれはつまりこういうことなんだろ。ようするにカタカナはひらがなだっていうことなんだよな？　漢字からできたからひらがなはカタカナなんだよ。そういうことだろ。わかるよな？　わかるよ。わかっちゃったんだよ。漢字が辞典だよな。閃いた。辞典が漢字なんだよ。ヒラメ。板。そういうことなんだよ。魚。道具」

津堂の話はまったく要領をえなかった。言語は明瞭で、それだけに飛は混乱した。一つ一つは意味がわかる事柄が、無秩序に並べ立てられている。その結果、何が何だかさっぱり理解できないのだ。

津堂は飛に衝撃を与えたという自覚もないようで、何事もなかったかのようにスマホに目を戻した。津堂のスマホを盗み見ると、和英辞典のアプリが表示されていた。せめて国語辞典か漢字辞典だったら、飛もいくらかは、なるほど、と感じたかもしれない。感じないか。どうだろう。わからない。

津堂も辰神と戦抜をして、人外を失った。あとの一人、尾賀申という選抜生は、少なくとも辰神との戦抜で負けたわけじゃない。辰神は三勝していて、敗者は津堂、柏原、吉居の三人だ。

尾賀の事情はあとで唯虎に訊くとして、彼もなかなか手強そうだった。彼は手鏡を持っていた。それに自分の顔を写して、延々と百面相をしていた。鼻の穴を拡張してみたり、白目を剥いたり、ものすごい寄り目になったり、そうとう本格的というか、過激な百面相だ。あっかんべえをするときなどは「べぇっ」と声を出すので、ちょっとびっくりする。飛は声をかけてみようとも思ったが、できなかった。軽い気持ちでは難しい。ある程度の心構えがいる。

喪失組の全員が、虚心症の患者とは何か違う。

ウッシーはどう見ても以前のウッシーじゃない。他の喪失組の面々も、それはきっと同じだろう。人外を失ったせいなのか。喪失組は人が変わってしまった。

バクに人外を食べられたあと、ウッシーは意識がなかった。虚心症だったと思う。

現在のウッシーはそうじゃない。彼は教室に来た。わざわざ靴を脱いで、椅子の上で体育座りしている。おはよう、という挨拶に対して、一応、おはよう、に近くもないような言葉を返した。だからといって、治った、と言えるだろうか。

選抜生たちがA教室に揃って間もなく、愛田日出義と木堀有希が入室してきた。木堀がリモコンを操作して壁一面に表示させたのは、どういうわけか、宇宙空間から見た青い惑星、飛たちが住んでいる地球だった。

「……どうかしてるぜ」

バクが呟いた。本当に、何もかもどうかしている。

「オトギリ・トビ」

愛田に呼ばれた。飛がじっとしていると、愛田は教卓の上にカードを投げ置いた。

「おまえの学生証だ。とりに来い」

徹底的に無視しつづけたら、どうなるだろう。飛は一瞬考えて、ため息をついた。自棄になるのはまだ早い。立ち上がって、教卓の上から学生証を掠めとる。飛が素早く席に戻ると、愛田は喉を鳴らして笑った。

「礼儀ってものをミジンコほども知らねえようだな。まあいい。これからじっくり叩き込んでやるよ。俺はおまえの担任だからな」

睨みつけたくなってしまうので、飛は目をつぶった。愛田が教卓を叩いた。

「理事長からのありがたいお達しだ。我が選抜クラスに新しい規則ができた。今後、選抜生は一人の例外もなく、東棟最上階の専用フロアに居住すること」

「弟切くん」

木堀が愛田のあとを受けて続けた。

「終業後、ただちに専用フロアの個室に移動しなさい。部屋番号と専用フロアのルールはのちほど私から通達します。わかりましたか」

飛は黙っていた。

「返事をしなさい」

木堀は冷たく、静かに言った。

「ぶちのめされたい？」

飛は思わず目を開けた。木堀はいつもと変わらない。飛を見てさえいなかった。

「……はい」

飛が答えると、木堀はうなずきもしないで簡潔に応じた。

「よろしい」

＋＋＋　＋　＋＋＋＋

授業が終わると、唯虎とセラが寮の部屋までついてきた。飛から目を離さずに専用フロアに連行しろと、木堀が唯虎に指示したのだ。飛にしてみれば、唯虎なら問題ない。もともと、たとえ専用フロアがどんな場所でも、とりあえずおとなしく移るつもりだった。

「悪くないよ。寮と比べたら、かなりいいかも」

エレベーターが停止して扉が開く前に、唯虎がそんなことを言った。

扉が開くと、明るかった。電灯の光じゃない。太陽光だ。東棟最上階の天井は、全面というわけではないものの、かなりの部分がガラス張りだった。

エレベーターの左に男子トイレ、右に女子トイレがあって、右の通路は封鎖されている。左の通路を進むと、そこは広場だ。広間じゃない。その広場には植物が植えられている。鉢植えではなく、土が敷かれ、そこに根を張っているのだ。あれは何の木なのか。一種類じゃない。別の木もある。飛がなんとなくわかったのは、サボテンとゴムの木、バナナの木くらいだった。ちょっとした植物園のようだ。

広場には大きなテーブルが二つ置いてある。椅子もたくさんあった。バクが呟いた。

「パーティーかなんか、開けちまいそうなスペースだな……」

「そういえば、いつだったかな。女子が誰かの誕生日会をやってたよ。ここはサロンって呼ばれてる。部屋はこっち」

唯虎(ただとら)は、サロンを取り囲むように配置されている部屋の一つに飛(とび)を案内した。部屋といっても、壁で仕切られているのではなくて、プレハブ小屋をもっとがっちりさせたような、一個の建物だ。いくらか丸みを帯びていて、白くはないが、大きなかまくらのようでもある。

S－13とペイントされたドアのロックは、飛の学生証で解除できた。唯虎とセラは飛の部屋に入らなかった。

「何かあったら言って。俺の部屋はS－3だから」

「……わかった」

「それじゃ、また」

唯虎が外側からドアを閉めると、自動で施錠された。

飛はバクを担いだまま、部屋の真ん中あたりに立ちつくした。

「……天井は——」

バクが見回すように身をよじった。

「低めだな。広さは……七帖(じょう)ってとこか。辰神(たつがみ)のヤローは特別室とか言ってたが、特別ってほどのアレじゃねえな……」

飛はバクを床に転がして、とりあえずベッドに座ってみた。

特別というほどでもないとバクは言ったが、このベッドはふかふかなのにしっかりと弾力があって、シーツもつやつやしている。それに、枕がなぜか二つもあった。一人用の部屋だから、一人で二つ使っていい、ということだろう。贅沢だ。

机と椅子がある。椅子は座面と背もたれがメッシュだ。肘掛けに、ヘッドレストまでついている。

バクがしゃくとり虫みたいに這っていって、器用にその椅子を手前に引きだすと、座面に跳び乗った。

「オォッ。けっこういいぞ、コレ。座り心地」

「バックパックが座るなよ……」

飛はベッドから立って、バスルームをのぞいてみた。洗面台とトイレがあって、浴槽は大きくないが、そこまで小さくもない。どこもかしこもぴかぴかだ。

部屋に戻ると、飛はまたベッドに座ってスマホを出した。専用フロアはＷｉ－Ｆｉが完備されているだけじゃない。地下と違って、通信回線の電波が繋がる。

「連絡はとれる……」

意外と動きやすそうだ。授業時間以外は、ほとんどの選抜生がこの専用フロアにいる。寮にいるよりは圧倒的に観察しやすい。その気になれば、接触することだってできる。

「ウッシー。津堂亥（つどうがい）。柏原（かしわばら）。吉居（よしい）。尾賀（おが）……」

ただ、喪失組をよくよく観察したところで、何か有意義な情報がえられるのだろうか。いくら話しかけても、きっと奇妙な反応しか返ってこない。

「アイツら、何がどうしてあんなふうになっちまったんだかなァ……」

バクは椅子を右へ左へと回転させながら言った。

「五人とも似たような感じなら、まだな。それぞれ違うよな。個体差っつーかよォ」

飛（とび）がこれまで目（ま）の当たりにしてきた虚心症の患者は、程度の差こそあれ、似通っていた。ところが、喪失組の場合、一人一人違っている。違うけれども、やっぱりどこか似ているような気もする。

「宇宙人みたいな……」

「ハァ？　宇宙ぅ？　何、突拍子もねえこと言ってやがんだ、飛、おまえ」

「や、だから……いいや」

「よくねえよッ。話せよ。なんか考えがあるんだったらよォ」

「喪失組は、なんか……宇宙人みたいだなって」

「知ってんのかよ、宇宙人。会ったことあるのか？」

「あるわけないだろ。そういうことじゃなくて……宇宙人が——べつに宇宙人じゃなくてもいいんだけど、人間じゃない、何かが……人間のふりをしてる……みたいな」

「アァ。そういうことか。なんとなくわかってきたぞ。フムフム……どういうことだ？」

「だから、わかんないって。けどこんなの、とても龍子には話せない……」

「ヘッ。浅宮の虚心症を治療できたとしても、代わりに宇宙人になっちまうんじゃなァ」

飛は枕をバクめがけて投げつけた。バクは避けずに枕を受け止めた。

「過去一の枕じゃねえか？　おかげで痛くも痒くもねえぞ。今夜はよく眠れるぜ、飛」

「……どうだか」

飛は萌日花にテキストメッセージで報告を入れた。ずいぶん迷ったが、龍子には電話できなかったし、送信しかけたＳＭＳも消去してしまった。

不意に部屋のドアが鳴った。誰かが外側から叩いているようだ。ノックしている。

「……インターホン的なの、なかったっけ」

見ると、壁にちゃんとインターホンの装置が据え付けられている。唯虎だったら、おそらくインターホンを使うだろう。ひょっとして、ましゃっとか。ましゃっとなら、いい。無視してやる。そう思った矢先に、インターホンがピンポンピンポン鳴りはじめた。

「……絶対、ましゃっとだよ」

「どうすんだ？」

バクはまだ椅子にふんぞり返っている。ピンポンピンポンピンポンピンポン。インターフォンは鳴りやむ気配がない。飛はため息をついた。

ベッドから立ち上がってインターホンの通話ボタンを押すと、案の定だった。

『弟切（おとぎり）弟切弟切弟切弟切弟切弟切ぃ〜！　はろはろはろはろはろはろぉ〜！』

「……何？」

『開けて開けて開けて開けて開けて！　お願いお願いお願いお願いお願い！』

「なんでそんなに連呼するの……」

『とくに理由はないけど、しいて言えば、思いかな？　熱い思いを伝えたいのかな？　もしかしたら、愛かもしんない。ラヴかも。ラヴを届けたいのかもしんないっ。ラーヴッ』

インターホンの電源を切るなり叩（たた）き壊すなりしてやろうか。真剣に検討したが、それであのましゃっとがあきらめるだろうか。飛（とび）は折れて、ドアを開けた。

「弟切弟切ぃ〜！」

すかさずましゃっとが部屋に突入してこようとしたので、飛はとっさに足を出した。

「――ゎふっ!?」

ましゃっとが海老反りになって躱（かわ）さなければ、飛のキックはクリーンにヒットしていた。

「やはは……ちょっとぉ、弟切ぃ。冗談きついってぇ。もおぉぉ……」

「冗談とかではないけど」

「本気だったら、もっときついってぇ」

「すごくうるさかった」

「ごめんて。ソーリー！」

ましゃっとは手を合わせて腰を九十度近くまで折った。顔は飛に向けている。

「めっちゃソーリー。謝るから許して！　でも大丈夫、俺は知ってるから！　心が広い弟切は許してくれるって、俺、信じてるから！」

「勝手に信じられても……」

「てことで、行こっ！」

ましゃっとは飛の手首を掴んで引っぱった。

「え、ちょっ、何……」

「サロンで歓迎会。それで、弟切を呼んでくる役、俺が立候補したってわけ！」

「わけって……」

飛はわりと本気であらがっているのだが、ましゃっとの手を振りほどけずにいた。油断したら引きずられそうだ。意外と力が強い。

「……わかった。行くから。バクを連れてくる。放して。腕、痛い」

「放した瞬間、ドア閉めちゃったりしない!?　約束する!?　信じるよ!?　俺、弟切のこと、信じちゃうよ!?　信じていい!?　いいんだよね!?　裏切らないでね!?」

「裏切らないって。しつこい……」

「オッケー、放す！」

ましゃっとは飛の手首を放した。そうかと思ったら、また掴んだ。

「――どういうこと……!?」

「ジョークジョークジョーク。やってみただけだって。はい、今度はマジ解放！」

飛の手首がふたたび自由になったが、二度あることは三度あってもおかしくない。ないのか。何もしてこない。

飛がバクをとりに行っている間、ましゃっとはドアが閉まらないよう体を入れてしっかりと押さえていた。ルーヴィもドアとましゃっとに挟まっている。飛を信用していないようだ。飛もましゃっとを信じていない。お互い様か。

バクを担いでサロンに向かうと、二つのテーブルに食べ物、飲み物がびっしりと並べられていた。選抜生とその人外たちが勢ぞろいしている。椅子は端のほうに寄せられていた。みんな座らずに立っている。

「主賓のご来場だ！」

辰神はシャンパングラスを手にしている。中身のうっすらと色づいた液体は泡立っているけれど、さすがに酒じゃないだろう。炭酸飲料か。

「何ともはや、全員、揃いも揃って気が利かんな。おい、誰か弟切に飲み物を！」

「自分でやれば？」

唯虎が言うと、辰神は弾けるように笑った。

「この俺が？　まっぴらご免だ！　由比、貴様が注いでやってはどうだ？　弟切と懇意のようではないか。せいぜいくだらん友情を確かめ合うがいい」

唯虎はテーブルの上に目をやってから、辰神を横目で睨んだ。

「……バッチバチだな」

バクが呟くと、ましゃっとが飛にすり寄ってきた。

「そうなんだよねえ、バッチバチなんだよ、タッツーとトラちゃん。やーもう、おっかなくってさぁ。ピリピリピリピリしまくってて。静電気かって。放電してんのかって」

「えっと、弟切のは、ほまりが！」

ほまりんが何かの瓶とプラスチックのコップを手に取った。瓶からコップに泡立つ液体を注ぎ入れる。でも、瓶を傾けすぎだ。勢いがすごい。やばそうだ。予想どおりだった。液体がコップからあふれた。

「わわわっ……」

「愚かな慌てんぼうめ！」

間髪を容れず、辰神が嘲笑った。妙に楽しそうだ。

「さっさと誰か後始末を手伝ってやったらどうだ！　その慌てんぼうに任せておいたら、せっかくの料理まで台なしにされてしまいかねんぞ！　はははははっ……！」

音津、蛇淵、犬飼の女子三名が、ほまりんを手伝って料理や飲み物をずらしたり、テーブルをふきんで拭いたりしはじめた。吉居未来は今も柏原総午と何やらこそこそ話に興じているけれど、あとの女子四人はけっこう仲がよさそうだ。考えてみれば、戦抜投票でも、犬飼は音津、音津はほまりん、ほまりんは蛇淵、そして、蛇淵は犬飼の名を書いていた。女子四人は戦抜を回避するために協定を結んでいるのだろう。

ほまりんがコップを持ってきてくれた。

「はい、弟切、のりもの！　あぅ、違う、のものも、んなぁっ、言えないしょや……」

「……どうも」

飛はコップを受けとった。

「ていうか、この飲み物、何……？」

「知らんのか！」

辰神がシャンパングラスを高々と掲げた。他の選抜生たちはプラスチックのコップを使っているのに、なぜ辰神だけシャンパングラスなのだろう。

「シャン＝ドメリー！　白ワイン用ぶどうの果汁を贅沢に使った炭酸飲料だ。よもや、シャン＝ドメリーを知らんとは。祝い事の定番ではないか！」

「俺も俺も俺もーっ！」

ましゃっとがテーブルに突撃した。女子の誰かがシャンドメだかシャンド・メリーだかシャン＝ドメリーだかをコップに注いで、ましゃっとはそれを一気に呷った。

「――……あぁっ！　ぷはぁっ！　効っくぅ！　この一杯のために生きてるわ的な!?」

「ドアホゥッ！」

辰神が怒鳴りつけた。

「まだ乾杯がすんでおらんではないか！　あまつさえ、主賓（しゅひん）である弟切の前に飲み干すとは何事だ！　恥を知れ！」

「ひやぁっ。ごめんちゃい！　喉渇いてたから、つい……弟切、ソーリー、許して！」

「許しても何も……」

飛はコップの中で泡を立てている液体を見つめた。生唾が出てきた。そういえば、飛も喉が渇いている。以前、メロンソーダを飲んだときのことを思いだした。このシャン＝ドメリーとやらはどんな味がするのだろう。早く飲みたい。

「じゃ、乾杯」

飛はコップを少し持ち上げて言うなり、一口飲んだ。目をつぶる。メロンソーダほど強烈じゃない。ぶどう。たしかに、ぶどうを感じる。

「……どうよ？」

バクが尋ねた。飛は目を開けて、もう一口飲んだ。

「うん……」

「だから、どうなんだよッ」

「うめぇ」

「えっ……?」

ほまりんが目を白黒させた。

「もしかして、今、乾杯、した? 弟切……」

「不意討ちにも程があるではないか!」

辰神は大笑いした。

「だが、よかろう! 乾杯は乾杯だ! 乾杯……!」

「か、乾杯」「カンパーイ」「乾杯……」

選抜生たちがばらばらと、思い思いに唱和した。もっとも、飛はさりげなく観察していたのだが、喪失組の五人の中で、「乾杯」と口に出して言ったのは尾賀申だけだった。柏原と吉居は相変わらず二人で内緒話をしていたし、津堂はコップも持たないでスマホに見入っている。ウッシーに至っては、サロンの隅っこで膝を抱えて座っていた。しかも、なぜか靴を脱いで、片方の靴をコップホルダーにしていた。

その後も飛は、食べたり飲んだりしながら喪失組の動向をうかがいつづけた。喪失組が気になるのに、辰神がやたらと、しかも平然と話しかけてきて、邪魔だった。

ましゃっとはとにかくやかましい。飛がいくら邪険にしても、「またまたー」、「いやいやいやー」とか言ってじゃれついてくる。どういう神経をしているのだろう。

ほまりんが女子たちを連れてきて、ちょっとだけ話した。柏原から離れない吉居を除いた女子四人は、やっぱり団結しているようだ。戦抜投票の話題もちらっと出た。女子たちは戦抜を回避するために投票の仕方を決めているので、たとえば飛が投票用紙にほまりんの名を書いたとしても問題ない。もし戦抜が嫌なら、そんな方法もある。提案というほどはっきりした言い方ではなかったけれど、女子たちはそう仄めかした。

人外がいる選抜生たちと喪失組の間には、ほとんど交流がないようだ。唯一、辰神だけは、ときどき喪失組の選抜生に声をかけていた。でも、喪失組は辰神に視線を向ける程度で、返事をすることはない。辰神もべつに期待していないみたいだ。

喪失組同士も、柏原と吉居がくっついているだけで、あとは目も合わせない。それぞれが好きなように過ごしている。いっそ歓迎会に参加しているのが不思議なくらいだが、ましゃっとにそのあたりを訊いてみたところ、「呼べばけっこう来るよ」と言っていた。まったく話が通じないわけじゃない。かといって、意思の疎通を図っても、ほぼうまくいかない。どうやら、選抜生たちも喪失組のことはよくわかっていないようだ。

主に辰神とましゃっとがひっきりなしに絡んできたせいで、唯虎とはそんなに話せなかった。途中で唯虎とセラの姿を見かけなくなったので、部屋に戻ったのかもしれない。

「さて、頃合いだな」

辰神がそう言って手を叩いたのは、歓迎会が始まって二時間近く経った頃だった。

「そろそろお開きにするとしよう。弟切、あらためて、我が選抜クラスにようこそ。後片づけはむろん、貴様らに任せる。堪能したぞ。さらばだ！」

颯爽と立ち去る辰神とロードを、誰も止めようとはしなかった。

「いよーっし！　片づけ片づけ！　やっちゃお！」

ましゃっとが音頭を取って、ほまりんたちと一緒に紙製の取り皿を回収したり、空のコップを集めたりしはじめた。飛も手を貸そうとしたら、ましゃっとに制された。

「いーからいーから！　タッツーが言ってたでしょ。弟切は主賓なんで、今日は俺らに任せて！　今夜だけはね。ただ見てて！　見ててくれるだけで、俺は満足だから！」

「見てるの、退屈だしょや」

ほまりんが助け船を出してくれた。

「弟切、でも、ほんとにいいからね。ほまりたちがやるし。いっぱい食べて、おなかいっぱいだったら、散歩でもしてきて。腹へこまし？」

腹ごなし、だと思うのだが、ましゃっとはともかく、てきぱき動く女子たちに交じって、飛は巧みに立ち回れるだろうか。自信がない。

見ると、喪失組はサロンをあとにしようとしていた。五人とも、だ。誰かが合図したのだろうか。それとも、示しあわせていたのか。人外喪失者たちはてんでんばらばらなようで、まとまりがあるらしい。

「ちょっと、じゃあ……」

多少心苦しかったが、飛はいったんサロンを離れてそれとなく喪失組のあとをつけてみた。その甲斐はなかった。五人ともまっすぐ自分の部屋に入っていったからだ。

唯虎の部屋はＳ－３だ。訪ねてみようとも思ったけれど、決心がつかなかった。

専用フロアは、大まかに言うと、サロンとその周りに配置された個室で構成されている。ゆとりのある造りで、個室と個室の間は通り抜けられるし、建物の内壁と個室とは接していない。個室の向こう、建物の内壁との間は回廊状になっている。ほまりんに、散歩でもしてきて、と言われたが、おそらく彼女はこの回廊をぶらつくことがあるのだろう。幅は学校の廊下くらいで、大きな窓もある。散歩どころかジョギングでもできそうだ。

専用フロアを隅から隅まで知っておきたい。そんな目論見で回廊を歩いていたら、窓際に唯虎が立っていた。セラが唯虎の足許に身を横たえている。

「終わった？　歓迎会」

「あぁ。うん。ここにいたんだ、唯虎」

「弟切の歓迎会なのに、抜けちゃって悪かったね」

回廊の天井もガラス張りで、蛍光灯のたぐいはない。でも、壁と床の境目から明かりがもれているし、壁のところどころに非常灯が設置されている。明るくはないけれど、唯虎の表情がわからないほど暗くはない。

「どうしてもだめなんだ。辰神が楽しそうにしてると、ムカついてさ」

言葉とは裏腹に、唯虎はくつろいでいるように見える。

飛はセラのそばにバクを下ろし、窓を背にして唯虎の隣に立った。

「唯虎は悪くないよ。僕も辰神は好きじゃない。僕を嵌めたくせに、何もなかったみたいだし。ずいぶん変わってる」

「変わってる、か。控えめな評価だと思うけど、そうだね。あいつはだいぶ変わってる。愛田先生とか木堀先生も変だし。ましゃっともね。選抜クラスは変人揃いだ」

「唯虎、おまえはどうなんだよ？」

バクが訊くと、唯虎は顔をさわって考えこむそぶりを見せた。

「俺……？　セラがいる時点で、変わってなくはないんだろうけど」

バクは、ヘッ、と短く笑った。

「結局、程度問題か」

「それを言っちゃうとね。度を越してるかどうか、なのかな」

唯虎は窓のロックを外して少し開けた。植物のためか、専用フロアは高めの温度が保たれている。窓からひんやりした夜風が吹きこんできて、心地いい。

「しばらく開けてると警報が鳴るから、すぐ閉めないといけないんだけどね」

「管理されてるってわけか」

バクがあちこちに目を配るように身をよじった。

「カメラなんかもあったりするのか？　こうやってても誰かに見られてるんだとしたら、気分はよくねえな」

「どうせ、バクは映らないだろ……」

「飛が映るんだったら、同じことじゃねえか。それに、気分の問題だからな？」

「前に調べたけど、ここにカメラはないみたい」

唯虎がざっと円を描くように指を振ってみせた。

「サロンにはありそうだけど、見つからないな。上手に隠してあるのかもしれない」

「なんでそんなこと調べたの？」

飛は何げなく尋ねただけだ。とくに深い考えはなかった。

唯虎は窓を閉めた。そして窓の外に目をやったまま、少しだけ笑った。

「バクが言ったとおりだよ。知らないうちに見られてるんだとしたら、気分がよくない。あとは……何だろう。用心のため、かな」

＋＋＋＋　＋＋＋＋

歓迎会でかなり色々な物を飲み食いした。龍子（りゅうこ）に連絡するつもりはなかった。連日、電話するのもどうかと思うし、喪失組があの有様だ。何を話したらいいか、ちょっとわからない。気疲れしてもいた。今夜はたくさん眠れそうだ。

ところが、いざ明かりを消してベッドに入ると、目が冴える一方だった。寝慣れていないからだろうか。二つの枕を重ねてみたり、横に並べて寝返りを打ってみたりもしたが、とりたてて効果はなかった。

バクはお気に入りの椅子に身を預けて、しばらく黙ってくれていた。

だいぶしてから、「えんっ……」と咳払いのような音を立てた。

「寝られねえのか、飛?」

「……そんなことない。もう少しだったのに……あと少しで眠れそうだったのに……」

「ホントかァ？」

「眠くならない……」

「だと思ったぜ」

「バクのせいだ……」

「八つ当たりかよ」

「八つ当たりだよ」

「八つ当たりなのかよッ」

バクが椅子の上で暴れている。飛は跳ね起きて明かりをつけた。

「無理だ。寝れない。散歩してくる」

「アァ？　散歩ォ？　ブームなのか？　散歩——って、オレを置いてくのかよッ」

飛はスマホと学生証だけ持って部屋を出た。

サロンに誰かいる。椅子に腰かけ、テーブルにスタンドでスマホを立てて、動画でも見ているのか。音は聞こえない。イヤホンをしているようだ。パーカーを着て、フードを被(かぶ)っている。近づいてゆくと、ましゃっとだとわかった。

飛は椅子を持ってきて、ましゃっとの隣に座った。スマホのディスプレイに映しだされているのは、やはり何かの動画のようだ。アニメーションだろうか。色とりどりで、めまぐるしい。字幕が表示されている。歌詞かもしれない。

「おぉうっ!?」

ましゃっとがビクッとして飛を見た。ましゃっとはイヤホンをしている。飛の声は聞こえないだろう。飛は無言で片手を軽く上げてみせた。

「……おぉぉ弟切(おとぎり)、びびびっくりしたぁ。言ってよぉ。言われても聞こえないか……」

ましゃっとはイヤホンを外した。ワイヤレスらしい。ましゃっとが何かしたようで、スマホの動画は一時停止している。

「え？　どしたの？　寝れない夜もある感じ？　むらむらしたりして？」

「むらむらって……」

「そういうこともあるかなって。ないかな？　あ、俺はショートスリーパーだから。いわゆる、ショッパーね。言わないか。ショッパーとは。あれ？　英単語であるよね。たしか。買い物袋とか。ショッパー。そっちじゃないよ。ショートスリーパーね。俺、長くても、四時間半くらいしか寝れなくて。長い夜を有意義に過ごすのが俺流なわけ」

「たしかに、まだまだ元気そうだね」

「元気、元気。踊れるよ？　踊っちゃうよ？」

「踊らなくていい。ていうか、踊らないで……」

「蹴る？　もし踊ったら、蹴られちゃう？」

歓迎会前の件を持ちだされると、飛(とび)としても少し気まずかった。

「……あれは、悪……いとは、思ってないけど」

「思ってないんかーい。ははっ。まーね。いいんだけどね。あ、これね？」

ましゃっとはスマホに手をのばして何やら操作した。動画の再生が始まった。最初からのようだ。音量は低いけれど、なんとか聞こえる。

Lyrics/Music:"S"

黒い背景にそんな文字が浮き上がった。

続いて、タイトルらしきものがぼんやりと画面に滲み出た。

作品＃1

「——これ……音楽？」

飛が尋ねると、ましゃっとはうなずいてにんまり笑った。

「そそ。ミュージックビデオね。大好きなんだ、俺、これ。けっこう前からハマってて。Sの曲はいくつもあるけど、やっぱりこれが原体験だから——あ、聴いて聴いて」

憐れみを思いやれない　悲しさも考えらんない
僕が進む道だ　ろくに進めやしないが　所詮、道なき道でしかないか

女性のようでも、男性のようでもある声が歌う。人間の声じゃないのか。抑揚はあるのだが、どこか不自然だ。

八人も僕がいたんじゃ　座る椅子も足りないくらいだ
楽しさも感じられない　喜びに浮き立ちもしない

能がない君だ　特別な音もしないが　今はもう空っぽでしかないか

歌詞の意味はなんだかよくわからない。でも、惹きつけられるメロディーだ。テンポが速いけれど、耳にすっと入ってくる。曲調は暗い感じでもないのに、アニメーションは不穏だ。若い男性や女性のキャラクターが派手なアクションを繰り広げて、血のような液体が飛び散る。キャラクター自体が破裂したり、何か別のものに変わったりもする。

人は僕を知らないってさ　口に十字の戸は立てらんないな
花鳥風月を過ぎ去りし君は　脊柱の真芯に真心を隠して
風荒ぶ原野に滞りもなく　駆け抜けろ　能を奪うよ

目を覆いたくなるような場面もある。それなのに、飛は目を離せなかった。

「いいでしょ。S。すごいんだよ。この動画、見つけた瞬間、俺、運命感じたもん」

ましゃっとが小声で呟きつづける。

「深掘りすれば深掘りするほど、色んなことが出てくるし。誰かが言ってたけど、思想じゃなくて、叙情でもない、現象のパズルなんだよね。パズルって元絵がわかってるじゃん。だから解けるんだけど。Sは違うんだよね。元絵を知ってるのはSだけなんだよ。こっちは想像しながら解き明かしていかなきゃなんない。それがめちゃくちゃ面白くて。ピースの一個一個が単純にモノとしてすぐれてるから、享受するだけでも快感だし――」

結局、作品＃1の再生が終了するまで、飛は一言も発しなかった。

もう一度再生、というところをタップしたい。

ましゃっとがくすっと笑った。

「同じの観る？　別のにする？」

飛は口を開きかけた。同じの、と言おうとしたのか。もしくは、別のがいい、と頼むつもりだったのか。どっちでもいいから、Sの曲が聴きたい。ミュージックビデオを観たい。案外、それが飛の本音だったのかもしれない。ただ、まんまとましゃっとの術中に嵌まっているようで、抵抗感はあった。それとは違う引っかかりを感じてもいた。

「……S？」

「ん？　作者？　まあ、作者っていうか」

ましゃっとは、もう一度再生、を指先でタップした。

「作詞と、作曲と。それだけじゃないんだけど、Sは――」

飛の目の前で、怪物のような姿に変わり果てた雫谷ルカナが、S様、と呼んでいた。飛の兄を。弟切潟のことを、S様、と。潟だから、Sなのか。あのときはそう思った。でも、特案のハイエナは別の呼び方をしていた。

サリヴァン、と。

特案が長らくマークしている男。ハイエナ曰く、七年前から特案はサリヴァンを追っているらしい。何人もの死傷者を出した特定案件への関与が疑われてるという。飛の兄がそのサリヴァンだと、特案は見なしている。

兄も特案やハイエナのことを知っているようだった。

『きみは……特案の？　長い間、僕を追いかけ回していた――たしか、そうだ、ハイエナだったかな』

弟切潟、飛の兄は、サリヴァンなのだ。Sは潟のSじゃない。サリヴァンのSだ。

「止めて」

「へ？」

ましゃっとがぽかんとした顔を飛のほうに向けた。

飛はましゃっとのスマホにふれて、動画を一時停止させた。

「このSって人――」

サリヴァンの名を口にしてもいいのだろうか。飛は迷った。

そのときだった。ドアが開く音があちこちから聞こえてきた。

選抜生が個室から出てこようとしているようだ。それも、一人じゃない。もし一人だけなら、そこまで怪訝には思わなかった。

部屋番号と、どれがどの選抜生の部屋なのかは、すでに把握している。S－2とS－7、S－8、S－9、それから、S－12だ。それぞれの個室から選抜生が出てきた。

全員、人外を連れていない。あたりまえだ。この五人には連れ歩ける人外がいない。

飛との選抜で敗れた、宇代轟堅(うしろごうけん)。

柏原総午(かしわばらそうご)。

吉居未来(よしいみらい)。

尾賀申(おがしん)。

そして、特案の見守り対象者だった、津堂亥(つどうがい)。

皆、人外喪失者だ。喪失組がこぞって、しかも、ほとんど同じタイミングで、部屋から出てきた。こっちに来る。サロンに集まろうとしているのか。ましゃっとが手を振った。

「おっすー」

誰も反応しなかった。ましゃっとは肩をすくめた。違うのか。

サロンじゃない。喪失組はサロンを素通りしていった。

エレベーターだ。

部屋の位置が近かった関係で、最初に津堂がエレベーター前に到着した。ボタンを押して、エレベーターが来るのを待っている。他の人外喪失者たちも、一人の例外もなくエレベーターの周りで足を止めた。

エレベーターの扉が開いた。喪失組が次々と乗りこんでゆく。

「あの人たち……どこに？」

「さあ？」

ましゃっとはスマホを手にとった。

「気になるの？」

「……ちょっとね」

「なら、追っかけてみる？」

「追いかける――」

飛は椅子から立ち上がった。喪失組はもういない。エレベーターに乗ってしまった。扉も閉まっている。

飛は足早にエレベーターへ向かった。ましゃっとがついてくる。今までひとりでかくれんぼでもしていたのか、ルーヴィもましゃっとを追いかけてきた。

エレベーターの階数表示を見ると地下で止まっている。ましゃっとがボタンを押した。

「えいっ」

「……一緒に行くの？」

「だめ？」

「だめっていうか……」

やがてエレベーターが戻ってきた。飛はましゃっと、ルーヴィとエレベーターに乗った。ましゃっとが認証機に学生証をかざして、Ｂ１Ｆのボタンを押した。扉が閉まった。エレベーターが動きだすと、素朴な疑問が浮かんできた。

「夜なのに、入れるの？　地下」

「んー……今、十一時過ぎ？」

ましゃっとはスマホを見て時刻を確かめた。

「どうだろ？　どっちにしても、ロックされちゃってたら、入れないし。されてなかったら、普通に入れるし。エレベーター動いてるってことは、行けるんじゃない？」

ルーヴィが控えめにぴょんぴょん跳ねている。一見、小さくジャンプしているかのようだが、実際は膝の曲げ伸ばしを繰り返しているだけだった。

エレベーターは無事、地下一階に着いて、扉もすんなりと開いた。向かって左の水槽の中で小型のエイやサメが泳いでいる。照明も点灯しているので、地階ということもあって、昼間と何ら変わらない。喪失組の姿はなかった。でも、この階のどこかにいるはずだ。

「あー、でも、これ……」

ましゃっとは男子トイレのドアを開けようとした。地下一階は、トイレでさえ学生証による認証が必須だ。

「開かないね。ロックされてるっぽい」

女子トイレ、男子トイレの先は、サーバールーム、機材ルームと続く。サーバールームと機材ルームは、普段から生徒は入れないようだ。

飛はA教室の認証機に自分の学生証をかざしてみた。ロックが外れる音がしない。

「……無理か」

「せっかくだし、一通り試してみる？」

ましゃっとは片っ端からドアを開けにかかった。エレベーターのほうに戻って、体育館、また引き返して、女子トイレ、サーバールーム、機材ルーム、念のため、再度A教室、それから、B教室、C教室、準備室、そして、医務室まで、結果は同じだった。

「――んん！　全滅かぁ！　俺たちは招かれざる客ってことかねえ。ショックだなあ。なんか。そうでもないか。うん。そうでもないね」

ましゃっとは何か勝手に納得しているし、ルーヴィは廊下で楽しそうに飛んだり跳ねたり回転したりしている。

飛はドアをノックしようとして、やめた。

そのドアには、医務室、と書かれた室名札がついている。

今までとくに意識していなかったが、地下のドアはどれも頑丈だ。思いきり体当たりしても、きっとびくともしないだろう。

「帰る？」

ましゃっとに肩を叩かれそうになったので、飛は素早く避けた。

「えー……」

ましゃっとは口を尖らせた。

「ひょっとして、まだ怒ってる？　怒りんぼだなぁ、弟切。いいよ、じゃあ、先に帰っちゃうから。行こ、ルーヴィ！」

ルーヴィとましゃっとはいきなり全力疾走して、あっという間に見えなくなった。

飛はもう一度、医務室に目をやってから歩きだした。

やはり医務室があやしい気がする。でも、証拠はないし、教室かもしれない。

とにかく、飛とましゃっとはロックされていてトイレにすら立ち入れないのに、喪失組は地下のどこかにいるのだ。

これはどういうことなのだろう。何を意味しているのか。

＃2／
声探し
the voice

#2-1_shiratama_ryuko/ めまいがするほど

龍子（りゅうこ）は見舞いに来ていたのだ。見舞いに。そう。お見舞いだ。見舞い？　何の？

「……誰の？」

龍子は立ち止まった。考えてみる。見舞い。お見舞いだ。そのために家を出た。日曜日。そう。今日は日曜だ。日曜に家を出た。お見舞いに行こうと。

右頰（ほお）に何かが押しあてられるのを感じた。見ると、チヌラーシャだった。

チヌはもふもふした白い毛に覆われていて、角が生えている。チヌの角は硬くない。かといって、ふにゃふにゃしているわけでもない。チヌがその角を龍子の右頰に押しあてている。ポシェットは空っぽだ。チヌは龍子の右肩の上にいる。いつの間に。

龍子は下を向いた。白い服を着ている。ワンピースだ。誰がこの服を選んだのだろう。祖母のわけがない。自分で選んだに決まっている。そのはずだ。

ここはどこだろう。廊下だ。病院の。窓がある。二階だろうか。それとも、三階？

「お見舞い……」

龍子はまたうつむいた。

「浅宮（あさみや）くんの……」

ここは浅宮忍(あさみやしのぶ)が入院している病院だ。龍子(りゅうこ)は浅宮を見舞うために病院を訪れた。

日曜だからか、この廊下はひとけがない。平日でも似たようなものだっただろうか。

龍子は歩きだした。歩いているのに、歩いているような気がしない。動いている自分の足が、まるで自分自身のものではないかのようだ。でも、これは紛れもなく龍子の足だし、龍子が歩いている。歩いて、龍子はどこへ向かっているのだろう。

「浅宮くん……」

そうだ。浅宮忍を見舞わないと。龍子は浅宮の病室に行こうとしている。

「違う……」

頭を振る。龍子の足は止まらない。歩きつづけている。

「浅宮くんの病室には、もう行った……」

記憶はうっすらと土を被(かぶ)っている。ほんの少し前のことなのに。その土をどける。記憶を掘り返す。行った。龍子は浅宮の病室に足を踏み入れた。浅宮はいつもどおりで、何も変わらなかった。龍子の声は浅宮に届かない。浅宮の声もろくに聞こえなかった。龍子が聞きたいような声は聞こえてこない。聞くに値するような声が、浅宮にはもうない。

だから龍子は、浅宮の病室をあとにした。

「それなのに、まだ病院に……」

龍子は角を曲がった。ナースステーションがあって、その向こうに病室が並んでいる。

ナースステーションの前を通りすぎ、廊下を歩いてゆく。病室のドアはたいてい開いている。一人部屋か二人部屋が多い。龍子はできるだけ足音を立てないようにして歩いている。声に耳を澄まして、静かに、静かに、歩く。龍子は声が聞きたい。声を探している。

ここなら声が聞けるに違いない。重病人が多いし、意識がない患者もいる。声を発したくても、発することができない人たちが。それは声にならない声だ。音声とは違う。雑音が混じっていない。純粋な声だ。龍子は本物の声が聞きたい。

「食べたい」

龍子が言う。足が止まる。行きすぎようとしていた病室に目が向く。その病室は一人部屋だ。ドアは開いている。ベッドの上で、高齢の男性が体をこちらに向けて寝ている。彼は人工呼吸器を装着していて、何本もの管が体に繋（つな）がれている。危篤状態ではないけれど、彼は死にかけている。目を覚ますことはもうない。彼は深い眠りについている。彼の脳は、少なくとも活発には活動していない。

彼が自分の思いを口に出すことはない。声にならない声だけが微（かす）かに聞こえてくる。

「食べたい」

龍子が言う。

「食べたいよ」

龍子は彼の病室に近づいてゆく。

「食べさせて、龍子（りゅうこ）」

龍子は答える。今、食べさせてあげる。

「龍子――」

途端に心臓が止まる。違う。止まってはいない。心臓が止まったら大変だ。ただ、心臓が急停止したかのように感じて、龍子は胸を押さえる。心臓は動いている。この奥で。

「食べさせて」

龍子が言う。龍子が。龍子。――そうじゃない。

顔を右に向けると、チヌが右肩の上にのっている。チヌは小さな口を開けている。小さな口。でも、前よりはいくらか大きい。前。前？ その前とは、具体的にいつのことなのだろう。わからない。とにかく、小指の先くらいはある。チヌの口というよりも、口からせり出している、凹凸があって、蠢（うごめ）ているものが。まだ小さいとはいえ、大きくなった。はっきりとわかる。

それは、龍子の顔だ。

「あなたは――わたし……なの？ っ――……」

どこかで何かが震えだした。龍子は一瞬、体内でそれが起こったんじゃないかと思った。そんなわけがない。ワンピースのポケットの中だ。スマホが入っている。龍子は振動しているスマホをポケットから出した。弟切飛（おとぎりとび）、と表示されている。

「とっ――……」

電話だ。龍子は歩いて、止まった。また何歩か進んで、回れ右をした。

通話禁止、というポスターが目に入った。わかっている。重篤な患者ばかり入院している病棟の廊下で電話なんかできない。龍子はナースステーションの前を半分走るようにして通り抜けた。カウンターのところに看護師が一人いて、声をかけられた。

「どうされました？」

龍子は振り返らなかった。階段を下りた。途中でスマホが振動しなくなった。何度コールしても、龍子が出なかったからだ。

一階まで下りて、エントランスホールに差しかかった。スマホで通話している人を見かけた。通話禁止のポスターはない。ここなら平気のようだ。

龍子は着信履歴の一番上にある弟切飛をタップした。小走りに正面玄関を目指しながら、スマホを耳に当てた。飛はすぐに出てくれた。

『も……しもし』

「あっ、飛？」

周りの目が気になった。誰も龍子を見ていない。

「ええと、わたしです、龍子です。もしもし？」

『うん。もしもし』

龍子は念のため、右肩の上のチヌを引っ掴んで、ポシェットに押しこんだ。

「もしもし……」

『も、もしもし……』

龍子はポシェットをしっかりと閉めた。チヌは中でおとなしくしてくれている。

『えぇ……あぁ……何を……してるかと、思って……？』

「じつは、わたし、病院に来ていまして」

『病院』

「はい。それで、先ほどは出られず。申し訳ありませんでした」

『や、べつに、そんな』

「大至急、電話をしても問題ない場所に移動して、かけ直した次第です」

『……急がなくてもよかったのに』

「いいえ！」

龍子はつい頭を振って叫んでしまった。

「急ぎたかったので。だから、急いだだけなので。あっ。病院――」

すれ違った人がぎょっとしている。龍子は頭を下げ、正面玄関から外に出た。

正面玄関の前には車寄せがあって、自動車が何台か停まり、人が乗り降りしている。龍子は人が通らない端のほうまで歩いた。

『そっか。病院……どこの病院？　え、具合でも悪いの……？　でも、日曜って――』

「お……」

龍子は息継ぎをした。ここで息継ぎをする理由が、自分でもわからなかった。

「見舞いです」

「あぁ」

「あ……」

息苦しい。だから龍子はさっき、息継ぎをしたのだ。どうしてこんなに苦しいのか。

「さみやくんの」

『浅宮（あさみや）の……そっか。で……どう？　浅宮』

「そう……」

何も浮かんでこない。どう？　浅宮忍（しのぶ）の病室には行った。行ったはずなのに、よく覚えていない。彼はどうしていただろう。思いだせない。

「――ですね。変わりは、ない……感じですが」

たぶん。これまでと変わらなかったと思う。はっきりとしたことは言えないけれど。

『うん……』

「……ですけど――」

龍子は浅宮を見舞うために病院を訪れた。病室にも行った。見舞いをした。

「食事は自分ですることもあったりするようです」

いつだったか、そんな話を誰かから、たしか看護師から、聞いたような気がする。いつ聞いたのだったか。今日じゃない。それだけは間違いない。

「いつもでは、ないみたいですけど」

『……よくなってるってこと？』

「それは……」

龍子は首を振り、一度、手で口をふさいだ。徒競走をしたあとのように、息遣いが乱れている。そのことに気づかれたくない。落ちつかないと。大丈夫。口から手を離した。

「どうでしょうか。ううん……」

大丈夫なのだろうか。

本当に？

「わかりません。ごめんなさい……」

#2-2_ shiratama_ryuko/ 土の中で眠りたい

月曜日の学校が終わるとすぐ、龍子は柊伊都葉の家へと向かった。柊家の前に着くと、近くの路地から恐竜の着ぐるみのような人外が顔を出し、龍子の様子をうかがっていた。あの人外はディノで、クラゲという人間が中に入っている。特定事案対策室の人員だ。

龍子が笑いかけると、ディノは一瞬、ぴくりと身を震わせたが、それだけだった。

柊家のチャイムを鳴らし、しばらく待ってみた。反応がない。

もう一度鳴らすと、程なくドアを解錠する音がした。ドアが四分の一ほど開いて、そこから柊伊都葉が姿を見せた。

「……また来たの」

伊都葉が着ている真っ黒い服は、ところどころ鮮やかな青で彩られていた。ルリタテハのような人外蝶だ。その翅の瑠璃色は伊都葉の髪飾りにもなっている。龍子は微笑んだ。

「こんにちは」

「……どうして。なぜ、来るの」

「声を聞かせて欲しいんです」

「……声？」

「あなたの声が聞きたいの」

龍子は繰り返した。

「聞きたい。あなたの声が。聞かせてください」

人外蝶たちは伊都葉にへばりついている。わずかに翅を動かしている人外蝶もいるけれど、ほとんどの人外蝶は微動だにしない。人外蝶たちは伊都葉を守ろうとしている。龍子にはわかった。伊都葉は守られたい。庇って欲しがっている。

伊都葉はドアをもう少し開けた。そして、ドアが閉まってしまわないように押さえたまま、あとずさりした。

「……入って」

龍子は迷わず柊家の玄関に足を踏み入れた。家の外は荒れ果てていたが、家の中はひたすら散らかっていた。そこらじゅうに紙や布きれや衣類、道具類が散乱している。足の踏み場だけはかろうじて確保されているような有様だった。

伊都葉は龍子をリビングに案内してくれた。リビングにはソファーと低いテーブルがあった。そのテーブルの上には無数の絵が積み重ねられていた。

伊都葉は床にへたりこんだ。テーブルのすぐそばだった。伊都葉はいつもそこに座って絵を描いているのだろう。龍子は中腰になって一枚の絵を手にとった。その絵は切りとったノートの一ページに鉛筆とクレヨンで描かれていた。

翅を広げているルリタテハの絵だった。触覚や翅脈まで詳細に鉛筆で描きこまれ、黒の濃淡で色がついている。瑠璃色の帯模様や白い斑点はクレヨンで表現されていた。

「すごくきれい」

龍子が褒めると、伊都葉は頭を揺するように振った。人外蝶たちは伊都葉にしがみついている。一羽も飛び立とうとしない。

龍子は絵をもとの場所に戻し、邪魔なものをどけて伊都葉の隣に座った。伊都葉はうつむいて、龍子を視界の外に追いやろうとしているかのように、斜め下に視線を向けている。

龍子は目をつぶって耳をそばだててみた。

何か聞こえる。でも、微かにしか聞こえない。これは声なのだろうか。定かじゃない。

龍子は目を開けた。

「柊さん」

「……何？」

「柊伊都葉」

「え……？」

伊都葉は龍子のほうに顔を向けた。ずいぶん肩に力が入っている。怯えている。龍子はふと思う。わたし、何をしているんだろう。ここはどこだろう。龍子は家の中にいる。誰かの家。目の前に柊伊都葉がいる。ということは、伊都葉の家なのだろう。

何かが古くなって発酵しているような臭いがする。いい臭いじゃないけれど、それほど不快でもない。なんだか懐かしい感じがする。

テーブルの上には絵がある。何枚も、何枚も、描いて、描き散らした、とはとても言えない。どの絵も労力を惜しまずに描きこまれている。

ポシェットは空っぽだ。チヌは龍子の右肩の上にいる。チヌは口を開けている。そこから小さな龍子が顔をのぞかせている。小さな龍子が口を開けたり閉じたりしている。何か言っている。食べたい。食べたいよ。もっと食べさせて。そうか、と龍子は思う。声が聞きたい。足りないのだ。もっと欲しい。龍子は、食べたい。伊都葉の瞳が揺れている。

「……白玉さん？」

龍子は黙って伊都葉のまっすぐな黒い髪の毛に手をのばした。伊都葉は息をのんだ。

「っ――」

伊都葉の全身がこわばっている。龍子はそのまま伊都葉の頭髪に指先を差し入れた。細い髪の毛だった。いくらかしっとりしていた。伊都葉の頭にしがみついている人外蝶たちが騒ぎだした。でも、伊都葉から離れようとはしない。龍子は髪の毛をかき分け、隠れていた伊都葉の耳を露出させた。身を寄せて、伊都葉の耳に唇を近づけた。

「聞かせて。あなたの声を」

「ふっ……」

伊都葉が首をすくめて目を閉じると、ついに一羽の人外蝶が飛び立った。その人外蝶は伊都葉の頭頂部近くに留まっていた。そこから飛び離れて、ふらふらと舞った。

龍子は伊都葉の髪の毛をさわっていた手を一度引っこめた。そして、その人外蝶に向かってそっと持ち上げた。

伊都葉も人外蝶を見上げている。

「……何か、いるの？」

龍子が差しだした手の甲に、人外蝶が降り立とうとしている。降下しては翅を動かして上昇し、また降りて、浮き上がる。龍子が言う。

「本当はもう、わかっているでしょう？　あなたの、ちょうちょ。飛んでいる」

「……私の、ちょうちょ」

「ほら。ここにいる」

人外蝶が龍子の手の甲に着地した。翅を閉じずに、ゆったりと上下させている。

龍子は人外蝶が止まっている手の甲を伊都葉の鼻先に持っていった。

「あなたの、ちょうちょ。あなたの、声」

「声？　私の……？」

「聞いてもいい？」

「私の……聞いて……私の……声……」

伊都葉は今にも龍子の手の甲に口づけしそうだ。それくらい伊都葉は龍子の手に接近している。龍子も自分の手に顔を寄せた。人外蝶が翅を動かすのを止めた。

「聞かせて」

どうすればいいのかはわかっていた。だから、龍子はそうした。吸いこむようにして、人外蝶を口に含んだ。伊都葉が両目を瞠った。声だ。聞こえる。声が、はっきりと。

――ルカナ。

ルカナ。食べちゃいたかったたって、ルカナが。私のことを、食べたかったたって。ルカナは私を食べたかった。私を認めてくれた、ルカナが。みんなに変だと思われて、ほとんど無視されて、無価値だった私のことを、ルカナだけは。私、生きてていいんだ。そう思った。好きなように絵を描いてもいいんだ。ルリタテハみたいな服を着ててもいいんだ。ルカナは私と友だちだってことを隠したがっていた。苦しかった。それでもよかった。

どうして？　私、なんで、コガネザワくんなんかのことで、ルカナと喧嘩しちゃったんだろう？　コガネザワ？　コガレザワ？　どっちだっていい。あのコガ何とかは、公園で私に話しかけてきた。私は蝶を探していた。何なんだろう、この人。そう思った。邪魔しないで欲しい。だけど、コガ何とかは蝶や蛾について詳しかった。いいところの子だった。私とはぜんぜん違っていた。

春休みや夏休みには、高原とか湿地とか森なんかに連れていってもらえるんだって。私は小学生になったとき一回だけ家族旅行をして、温泉に入っただけなのに。熱くて、とても入ってられなくて、出たいと言ったらお母さんに怒られて。ゆっくり温泉も入れないなんて、最悪だって。それが唯一の思い出。熱い温泉。お母さんにとって、私は最悪の娘。

　あのコガ何とかは、高校生になったらアルバイトしてお金を稼いで、一人でどこかに行くとか言っていた。私は思った。その手があったかって。私も高校生になったらアルバイトしよう。お金を稼ごう。コガ何とか、ありがとう。あなたみたいな恵まれた子に偉そうな顔をされて、私はとっても嫌な気分だけど、ずっとこうじゃない。変われるかもしれないんだ。蛹(さなぎ)が蝶に完全変態するみたいに、ひょっとしたら、私だって。

　違うの。ルカナ。違う。私、コガ何とかのことなんて好きじゃなかった。好きでも何でもなかった。そうじゃないの。ルカナがコガ何とかと付き合うのが、嫌だったの。嫉妬したんじゃない。私、ルカナに嫉妬したんじゃないの。コガ何とかが妬ましかったの。私が好きだったのは、コガ何とかじゃない。ルカナ。ルカナ。ルカナ。私はルカナが好き。言えなかった。そんなこと、私には言えなかったの。

　だって、私は変人扱いされていたし。ルカナは私を評価して、認めてくれていたけど、人前ではそうじゃなかったし。私なんかどこにもいないみたいに私を無視して。でも、二人きりのとき、ルカナはやさしくて、私のそばにいてくれて、私は嬉(うれ)しくて、そんなルカナが好きで、大好きで。だけど、ルカナは私と一緒にいるところを、誰にも見られたくないの。私なんかと友だちだなんて、誰にも知られたくないの。ルカナは私のことが恥ずかしいの。そう思うと、私は胸が痛くなって、情けなくて、悲しくて、消えたくなって、消えてしまったら、ルカナに会えなくなっちゃうから、消えるわけにはいかないんだって、私は自分に言い聞かせて。

私は変わりたかった。ルカナが好きだから、変わりたい。私は、ルカナに恥ずかしいと思われない、自分になりたい。だけど、もう手遅れなの。ルカナは私の前から消えちゃったの。同じ学校に通っているのに、ルカナはいない。きっと、戻ってくることはないの。私はルカナを失った。ルカナ。好き。ずっと好きだったよ。好きだったんだよ。忘れたことなんかなかったよ。でも、忘れようとしたよ。忘れたかったよ。どうせ、この気持ちは隠しておかないと。誰にも言えない。秘密にするしかない。

私は蝶(ちょう)にはなれないの。

だから、蝉(せみ)になる。成虫じゃなくて、蝉の幼虫になるの。私は地中でずっと過ごすの。土の中に埋まっているの。蝉の幼虫は、ほとんどが食べられてしまうの。私もきっとそうなの。幼虫のままいつか食べられて、それでおしまい。いいの。私はそれで。羽化して成虫になれなくたっていい。私、変わりたい。でも、私は変われないの。ルカナ。私、知らなかった。ルカナが私に言ったの。

『そっかぁ、わかったぁ、そうだったんだぁ！　あたし、ずぅーっと！　イトハ！　あんたを食べちゃいたかった！　あんたはあたしのものになるの！　あんたなんか、あたしに食べられて！　あたしの一部になっちゃえばいい……！』

　そう言ったの。ルカナが、私を、食べたいって。ぜんぶ私のせいだって。ルカナを一人にした、私が悪いって。

『親友だと思ってたのに！』

　ルカナに、そう言われたの。親友だったんだ。私が、ルカナの親友。それなのに、ルカナは私のことが恥ずかしかったんだ。きっと、お母さんにも最悪の娘だと思われるような、私だから。

　でも、ルカナは出会ったんだって。すばらしい人と。天使みたいな、神様みたいな人との出会いがあったんだって。ルカナにとって、その人は神様以上なんだって。ルカナはその人の役に立ちたいんだって。その人の願いを叶えるための力になりたいんだって。その人のためなら何でもするんだって。ルカナはその人に褒めてもらいたいんだって。神様以上のその人に、愛してもらうために。だから、私のことはもう、どうでもいいんだって。聞きたくなかった。ルカナは私の前から消えてしまったの。私の中からも消えたの。それでよかったの。私は土の中に埋まっていたかった。ルカナが好き。この気持ちを、私の思い、私のすべてを、完全に埋めてしまって、なかったことにしたかったのに。

私はあんなに傷ついて、ルカナのことも傷つけた。許して。お願いだから、ルカナ、私を許して。食べてもいいから。私のことを、食べてしまってもいいから。それで私を許してくれるなら。ルカナの気がすむなら。何もかもなかったことにできるなら。ルカナ。いっそ、私のことを食べてしまって——

声だ。声が聞こえる。こだましている。胸が一杯で、目がちかちかする。龍子(りゅうこ)が言う。

「食べさせて」

龍子は右肩の上を見る。チヌがいる。チヌの口の中から小さな龍子が顔を出している。

「食べさせて」

小さな龍子が言っている。

「龍子。食べたい」

そうしたい、と龍子は思う。切望してさえいる。

柊(ひいらぎ)伊都葉(いとは)と目が合った。伊都葉は十センチと離れていないところにいる。伊都葉は何を思っているのか。何か感じているのか。わからない。頬(ほお)や口許(くちもと)がだらりと緩み、唇が少し開いている。生気がない。伊都葉はただこちらを見ているだけで、目が合ってなどいないのかもしれない。

口の中で何かが暴れている。外に出たがっている。龍子はそれを吐きだした。

一羽の人外蝶だった。

人外蝶はひらひらと床に落ちた。小刻みに震えている。翅が動いた。羽ばたいて、飛び上がった。

「……わたしは、何を……」

やがて人外蝶は伊都葉の髪の毛に止まった。

伊都葉の虚ろな眼差しはまだ龍子に注がれている。

「うー……」

右肩の上で、チヌが唸り声のような音を発した。龍子はチヌを両手でつかまえ、ポシェットの中に押しこめた。伊都葉が龍子のポシェットに目を落とした。

「それは……？」

龍子は伊都葉の問いには答えずに立ち上がった。

「ごめんなさい、わたし……今日は、帰ります」

伊都葉もゆっくりと立った。龍子が玄関で靴を履いている間も、伊都葉はポシェットを見ていた。龍子は自分でドアの内鍵を外した。

「また来てもいいですか」

自分がなぜそんなことを言ったのか、龍子にはわからなかった。まるで龍子自身の言葉じゃないみたいだった。伊都葉はうなずいた。

龍子(りゅうこ)が外に出てドアを閉じるまで、伊都葉(いとは)はポシェットから目を離さなかった。そこに何が入っているのか、知っているかのようだった。

龍子は後ろ歩きで柊(ひいらぎ)家から遠ざかった。車道の手前で方向転換すると、その先の路地から恐竜の着ぐるみが首を出していた。

あれは着ぐるみじゃない。もちろん、恐竜でもない。

龍子はディノに背を向けた。走って逃げたかった。それなのに、龍子は歩いていた。何事もなかったとでも言いたげに、やけにゆったりとした足どりだった。

#2-3_ shiratama_ryuko/ あの夜きみは

　部屋の明かりはずいぶん前に消した。真っ暗じゃない。白っぽい光がレースのカーテン越しに射しこんでいる。

　龍子はパジャマを着てベッドの上で仰向けになり、お腹の上でスマホを握り締めていた。布団は掛けていない。低く呟いてみた。

「わたし……なんだか、おかしいのかもしれない」

　チヌラーシャがもふもふした毛を龍子の右頬に押しつける。龍子はチヌを見ない。

「飛――」

　スマホを握る両手に力がこもった。飛に連絡しよう。話したい。こんなことを相談できるとしたら、飛だけだ。飛にしか打ち明けられない。チヌが角で龍子の右頬をつつく。

「いゅーよぁー」

「……わかったから」

　龍子は左手でスマホを持ったまま、右手でチヌを撫でた。わかったから？

　本当にわかっているのだろうか。龍子は首を動かさずに横目でチヌを見た。チヌは口を開けていない。ほっとした。

飛(とび)に話したい。飛なら耳を傾けてくれる。どうしたらいいか、一緒に考えてくれるはずだ。ひょっとしたら、会いに来てくれるかもしれない。飛がそばにいてくれるだけでも、ずいぶん心強いだろう。でも、ずっと一緒にはいられない。飛は仕事中だ。もし、万が一、会うことができたとしても、どうせすぐにまた離ればなれになってしまう。

こんなことは話さないほうがいい。ちゃんと説明できる自信もない。何をどう話せばいいのか。理解してもらえるのか。正直なところ、龍子(りゅうこ)自身、よくわかっていない。何が起こっているのだろう。それは起こりつつあるのか。すでに起こっているのだろうか。

また両手でスマホを握った。龍子から飛に連絡することはない。したくても、できない。話したいけれど、やっぱり話せない。でも、飛がまた電話してきてくれたら、どうか。話してしまうかもしれない。うまく言えないけれど、何か変なのだと。おかしなことが起きているような気がしてしょうがないのだと。そうしたら、飛はきっと気にかけてくれる。知らん顔をすることはないはずだ。迷惑をかけたくはない。しかし、本音を言うことが許されるのなら、心配して欲しい。

先週の金曜日、飛は電話で、また連絡するから、と龍子に言った。また連絡する。決まり文句のようなものだ。いつかまた連絡してくれるかもしれない。そのまたがいつかはわからない。ところが、飛は日曜日に電話をくれたのだ。また連絡するから。あれは決まり文句なんかじゃなかった。飛は本気だったのだ。

弟切飛(おとぎりとび)はそういう人だ。日曜日の電話を切るときも、また連絡する、と飛は言った。もしかしたら、今夜も電話をくれるかもしれない。それか、ＳＭＳでテキストメッセージを送ってくれるかもしれない。忙しくて、そんな暇なんてないかもしれない。

「ぇぅー。にぃー。ゎゅー。きゅぁー」

チヌが鳴いている。やわらかな毛に覆われた体を、それから角を、しきりと龍子(りゅうこ)の右頬(ほお)にこすりつける。たぶん、チヌは龍子を慰めようとしている。

以前は素直にそう信じられた。チヌの感情や考えを、龍子は簡単に察することができた。龍子とチヌは通じあっていた。

「……もとはと言えば、チヌのせいなんだよ？」

「ぁぇー？」

ちらりとチヌを見た。チヌが口を開けていて、そこから小さな龍子が顔を出している。そんな気がしたのだ。

「もう……」

チヌは口を開けていなかった。龍子は目をつぶった。

「ずっと一緒なのに、どうして――」

チヌはずっと一緒にいてくれた。龍子にとって、とても大切な存在だ。ずっと一緒だから。ずっと。いつからなのだろう？

はっきり覚えているのは、両親の——というより、母の葬儀のときのことだ。葬儀会場は広かった。どこかの会館に、数えきれないほどのパイプ椅子が並んでいた。まだ誰も座っていなかったし、おそらく葬儀が始まる前だ。それとも、終わったあとだろうか。その光景を龍子は覚えている。

龍子は一人じゃなかった。チヌがいた。葬儀の間、肌身離さずチヌを抱いていた。チヌ　ラーシャ、チヌ、と呼んではいなかったと思う。当時、チヌにはまだ名前がなかった。

龍子はチヌを何だと思っていたのだろう。誰もチヌのことを指摘しなかった。祖父にせよ、祖母にせよ、それ以外の人にせよ、龍子が抱いているチヌに目をくれることもなかった。チヌは龍子にしか見えないのだ。龍子はあるとき、そう気づいたのか。それとも、知っていたのだろうか。

とにかく、母の葬儀のときはチヌがいた。葬儀だから、あれは両親が亡くなって間もなくだろう。その前は？　両親が生きていた頃は、どうだったのか？

車の事故で両親は亡くなった。家族三人でどこかに行って、その帰りに父が何らかの原因で運転操作を誤ったようだ。車がひどく破損して横転するような、大きな事故だったらしい。ただ、不幸中の幸い、ということになるのだろうか。他の車と衝突したり、歩行者を巻きこんだりすることはなかった。車と、車が激突した電柱などは壊れた。運転席の父と助手席の母は亡くなり、後部座席の龍子は奇跡的に無傷だった。

事故のことは記憶にない。それ自体はとくにめずらしいことではないという。

でも、龍子は事故の前のこともあまり思いだせないのだ。

もちろん、何一つ覚えていないわけじゃない。やさしそうな父の顔を思い浮かべることはできる。体格のいい人ではなかった。ほっそりしていて、母と雰囲気が似ていた。

龍子は母の笑い声を覚えている。もっとも、それが本当に母の声なのか、確かめるすべはない。否定する根拠もないから、母の声だと信じている。

親子三人でアパートの一階に住んでいた。ご飯を食べたり、テレビを観たりする部屋の他に、寝る部屋があった。どんな部屋だっただろう。そこまではわからない。他には？

木製の、果物や野菜の玩具でよく遊んだ。マジックテープで繋いであるところに木の包丁を差し入れると、二つに割れる。龍子がその玩具を口に入れようとしたら、父に止められた。怒られはしなかった。

『だめだよ、龍子。ね？』

両親は必ず、龍子のことを、龍子、と呼んだ。

パパ、ママじゃなくて、龍子は両親を、お父さん、お母さん、と呼んでいた。

父は母を、お母さん、母は父を、お父さん、と呼ぶことがあった。でも、お互いを呼びあうときは下の名前だった。父は母を、蓉子、とか、蓉子さん。母は父を、龍介、それか、龍介さん。いつもじゃないけれど、ときどき、さん付けをした。

両親はとても仲のいい夫婦だったと思う。そうはいっても、たまに言い合いくらいはしたのだろうか。したかもしれない。けれども、龍子は覚えていない。

三人で一緒にいた思い出しかない。

遊園地。水族館にもたぶん、行った。動物園。噴水のある公園。水遊びをした。

記憶はどれもこれも断片的だ。切れ切れどころか、ほんの一瞬を切り抜いたようなものでしかない。しかも、ピントが合っていない写真のようにぼやけている。それでいて、どれもこれもきらきらと輝いている。

「最高の――」

龍子はそっと息をついた。

「最高の、一日……」

何か思いだせそうだ。最高の一日。誰かが言う。最高の一日だなぁ、と。男の人だ。

最高の一日！

元気よく、同じことを言う。誰が？

「……わたし？」

そうだ。父によく訊かれた。毎日のように。きっと、毎日。

『今日は最高の一日だったかい？』

『最高の一日だったよ！』

龍子はそう答える。それか、『今日は最高じゃなかったかも』と。すると父は、龍子の頭を撫でてくれる。

『まぁ、そういう日もあるよ。でもね、龍子、明日は最高の一日になると思うな』

『本当に？　なるかなぁ？』

『なるさ。一緒にお祈りしよう』

『お祈りしよう！』

龍子は父と一緒にお祈りをする。

「……明日は、最高の一日になりますように」

家族三人で暮らす日々は、最高の一日ばかりだったわけじゃない。でも、最高の一日が圧倒的に多かった。三人ともたいてい上機嫌だった。毎日、笑ってばかりいた。

「いろんなところに、行って——動物園……」

違う。あれは動物園じゃない。

「遊園地……ふれあいのくに……動物コーナー……」

ウサギがいた。ヤギ。ヒツジ。色々な種類の鳥がいた。車で行った。夕方に遊園地を出て、ファミリーレストランで晩ご飯を食べた。混みあっていた。席が一杯で、待たないといけなかった。待つための椅子があった。父と母に挟まれて、三人で座った。

三人だった。チヌはいなかった。少なくとも、チヌを抱いていた記憶はない。

何を食べたのだろう。そこまでは思いだせない。

車に乗った。もう暗かった。龍子は後部座席に据え付けられたチャイルドシートに座っている。両親はチャイルドシートを補助シートと呼んでいた。

両親が何か話している。龍子は眠っているものと、両親は思いこんでいる。そう思わせようとして、龍子は寝たふりをしている。

小さな音で、ラジオがかかっている。

龍子をチャイルドシートに座らせてシートベルトを締めるのは、父の役目だった。

『ちゃんと、カチャッとした？』

父はそう言ってシートベルトがちゃんと装着されているか、確認した。毎回、外しちゃだめだよ、と念を押された。

外さずに、シートベルトから抜けだすことが龍子はできた。腰のところは固定されているものの、シートベルトをずらすことで、上半身が自由になる。

どうして龍子はそんなことをしたのだろう。苦しかったのだろうか。父か母に見つかったら、だめだってば、龍子、と注意されるのに。叱られはしない。しっかりシートベルトで固定されていないと、急停止したり、事故に遭ったりしたとき、危ないから。両親に何度も丁寧に説明された。それなのに、龍子はシートベルトをずらしてしまう。

あの夜はどうだったのだろうか。

龍子は一人だけ無事だった。シートベルトで腰しか固定されていない状態は、安全とはとても言いがたいはずだ。龍子が無傷だったということは、あの日に限ってシートベルトをずらさなかったのか。

でも、龍子は寝たふりをしていた。何のために？

驚かせるため、だ。

こっそり背後から母に忍びよって、わっ、と背中を叩いたり、朝、まだ眠っている父の布団に跳びのったり。龍子はよくそんな悪戯を両親に仕掛けた。

龍子は後部座席ですっかり寝入っている。そう思わせておいて、大きな声を出すか何かすれば、きっと両親はびっくりするだろう。

ただ声を出すだけじゃない。チャイルドシートから身を乗りだして、運転席と助手席の間から顔を出すことができれば、より効果的だ。そんなふうに考えてシートベルトをずらしていたら、龍子もただではすまなかったに違いない。

龍子は寝たふりをしていただけで、シートベルトはちゃんと締めたままだった。

だから、助かった。

そうとしか思えないのに、どういうわけか、シートベルトをずらしたような気がする。

龍子は、わっ、と大声を出して、両親を驚かせようとした。

そのとき、父と母が叫んだ。——そんな気がする。

気がするだけで、はっきりしたことはわからない。わかるわけがない。

でも、チヌはいなかった。

どこかに隠れていたのだろうか？

そうかもしれない。そうじゃないのかもしれない。

「チヌ――」

龍子は目をつぶっている。

チヌが龍子の右頬にもたれかかっている。

「いつから、チヌは――わたしのそばにいるんですか……？」

チヌは答えない。身じろぎもしない。

inochi-no-tabekata

＃３／
果てしない欲望と
愛情の狭間(はざま)で
love is lust

＃3-1_otogiri_tobi/ 叩くドア

宇代轟堅。
柏原総午。
吉居未来。
尾賀申。
津堂亥。

五人の人外喪失者――喪失組は、月曜日の午後十一時過ぎに部屋を出て、エレベーターで地下一階に降りた。

戻ってきたのは、日付が変わり、火曜日の午前二時を回ってからだった。飛は部屋のドアを少し開けて、それまで起きていた。途中、うとうとしてしまったものの、五人がそれぞれの部屋に帰ってゆくところは確認した。萌日花にその旨を報告してから寝たので、完全に睡眠不足だった。

火曜日の飛は頭がぼんやりしていたけれど、朝から全力を尽くして喪失組の動向をうかがった。

残念ながら、頑張った甲斐はなく、成果らしい成果はなかった。

ウッシーはやっぱり靴を脱いで椅子の上で体育座りをしていたし、柏原と吉居はこそこそ内緒話ばかりしていて、津堂はスマホかタブレットで読書三昧だった。尾賀だけは一見、人外を持つ選抜生とさして変わらない。でも、誰とも口をきかないし、不意に目を剝いたり、何の前ぶれもなくニヤニヤしだしたり、突然うずくまって床に耳を当てたりした。

できれば、今晩も午後十一時過ぎまで喪失組に目配りして欲しいと、萌日花には言われている。正確には、萌日花を通してハイエナからそういう指示というか、要請があった。無理はしなくていいと、ハイエナは言ってくれているみたいだ。萌日花は違った。

『適当にちょこちょこ仮眠しとけば、大丈夫でしょ』

萌日花はそれで平気なのかもしれない。でも、飛は眠れるだけ眠っておきたいほうだ。

眠らないと調子が出ないことに、最近、気づいた。

施設で暮らしていた頃は、消灯時間が決められていたから、基本的に毎日ちゃんと睡眠をとっていた。必然的に規則正しい生活を送っていたのが習慣になったのか。それとも、眠らないと身も心もしゃきっとしない体質なのだろうか。

「……ちょこちょこ仮眠とるって、どうやってやるの……」

飛は発見した。つい眠ってしまう居眠りと違って、少し眠ろう、眠ってやる、という気持ちで仮眠をとろうとすると、どうしてもうまく眠れない。眠りたいし、寝つきはいいほうだと思っていたのに、なぜか眠れないのだ。それで苛々してしまう。

だったら、もう寝なくたっていい、と開き直っても、眠いものは眠い。眠たいのに眠れないものだから、何もかもいやになってくる。

「……弟切(おとぎり)、今日ってなんか、すっごい機嫌斜めってる日？」

C教室でパソコンをいじっていたら、ほまりんが近づいてきて、そんなことを言われた。心外だった。

「べつに……」

機嫌は悪くない。ただ、眠いのに眠れないだけだ。

「そお？　でも、めっちゃ機嫌悪そうな顔してるしょや」

「そんな顔してないと思うけど……ていうか、僕、どんな顔してるの」

「こういう顔」

ほまりんは口を尖(とが)らせて頬(ほお)を少し膨らませてみせた。

してねえし。

——と思ったが、言われてみれば、口をすぼませているような感じがする。頬も、膨らんでいるか、いないか、そのどちらかを選ぶとすると、膨らんでいるだろうか。ついでに、眉間に力が入っているので、飛は眉をしかめているのだろう。まさしく、ほまりんもそうしていた。

「……いつから」

飛が両手で顔を覆うと、バクがせせら笑った。

「ずっとだぜ？」

「言えよ……」

「何て言やいいんだよ。おまえ、眠たさのあまりブーたれてんぞってか？」

「いいだろ、そう言えば……」

「なんか面白えからよ。そのまんまにさせといた」

「ちっとも面白くないし……」

昼ご飯は学食にデリバリーを頼んで、唯虎と一緒にA教室で食べた。唯虎がカツ丼にするというので、飛も同じものにした。もっとも、唯虎はカツ丼の他にあじフライと揚げ出し豆腐、麻婆豆腐も注文していた。

「好きなんだ、カツ丼」

唯虎の実家の近くに蕎麦屋があって、父親のボーナスが出ると家族全員でそこに行くのがお決まりだったらしい。唯虎は蕎麦やうどんじゃなくて、必ずカツ丼を選んだ。年に二回、蕎麦屋でカツ丼を食べるのが楽しみで仕方なかったのだと、唯虎が言っていた。他にも何か話したはずだが、覚えていない。

授業が終わって専用フロアの部屋に戻ると、バクに注意された。

「飛。飛ッ。おまえ、白目剥きかけてやがるぞッ」

「……何言ってるんだよ。そんなわけないだろ。白目とか」

「だったら、確かめてみろ」

バスルームに鏡がある。飛はその鏡の前に立ってみた。

「……ほんとだ」

完全に白目を剥いているわけじゃないが、今にも白目を剥きそうだ。半分、白目を剥いているといっても過言じゃない。

飛はバスルームを出てベッドに座った。

「寝ろよ、飛。寝ちまえ。限界だって。見るからに」

バクはお気に入りの椅子の上でふんぞり返っている。

「……なんでバックぴゃっくにゃんかに、しょんなこと言わりゃにゃきゃにゃりゃ……」

「舌が動いてねえんだよ。頭がろくすっぽ働いてねえだろ」

「うう……」

飛はスマホを出して萌日花(もにか)に電話をかけた。

「……もひもひ」

『え？　飛？　もひもひって言った？』

「……言ってにゃあよ……」

『にゃあ？　猫みたいになってるけど？』

飛は頭をできるだけ激しく振り、三回から五回ほど、力ずくでまばたきをした。

「……喪失組は変わりなかった。なかったと思う。なかったはず」

『そう。飛は医務室があやしいと踏んでるんだよね。五人は午後十一時過ぎから午前二時までの間、医務室にいたんじゃないかって』

「かもしれない。かもしれなく……にゃ――ないかもしれにゃい……」

『……大丈夫？』

飛は咳払いをして、胸を叩いた。

「大丈夫」

『医務室に専門のスタッフはいないんでしょ？　必要に応じて、外部のお医者がリモートで診断するようになってる。でも、医務室にいたのが喪失組だけとは限らない。たとえば、愛田とか木堀もいたっていう可能性は考えてもよさそう』

「愛田と木堀……って、このフロアにはいない……けど、どこに住んでるんだろ」

『カワウソが調べたところでは、去年から学園内の職員用宿舎に居住してる』

「食用くくしゃ……食用？　くくしゃ……」

『職員用宿舎』

「うん。職員用、しく――宿舎」

『所用で学外に出る以外は、宿舎と東棟を行き来する毎日みたいだけど』

「さようで……」

『さよう？』

「乗用？　所用か……」

『探る価値はありそう。飛は引きつづき、喪失組を監視して』

「ひくつるき、漢詩——」

飛は息を吸って、大きく吐いた。違う。引きつづき、監視、だ。

「了解」

『飛、少しでもいいから寝なさい。すっきりするから』

「……了解」

飛はもう一度そう繰り返すと、通話を終了させた。バクが椅子の上で身をくねらせた。

「寝ろ。いい時間に起こしてやっから」

「寝る」

飛は宣言して横になった。途端に意識が途切れた。

＋＋＋　＋　＋＋＋＋

なんとなくそんな気がしていた。

飛はサロンにいた。ひとりじゃない。バクを肩に掛けてそこらをうろついていたのだが、午後十一時が近づくにつれて落ちつかなくなってきた。二時間ほど眠ったものの、まだ本調子じゃない。妙にそわそわしてしょうがないので、椅子に座って待つことにした。座っても気持ちは静まらなかったが、動いていると飛んだり跳ねたりしたくなる。共用スペースであまり騒がしくするのもよくない。そして、午後十一時を過ぎた頃だった。

あちこちでドアが開く音がした。一斉に、とは言えない。でも、連続的ではあった。

「来やがったな」

バクがひっそりと呟いた。

選抜生たちが個室から出てきた。ちゃんと数えるまでもない。五人だ。

喪失組がまた動いた。午後十一時。昨日と同じ時間だ。サロンのほうに歩いてくる者もいる。けれども、目的地はサロンじゃない。サロン経由でエレベーターに向かっている。ウッシーも、柏原と吉居も、尾賀も、津堂も、サロンにいる飛には一瞥もくれない。飛の存在に気づいてさえいないかのようだ。眼中にないのか。風景の一部としてしか認識されていない。

津堂がそろそろエレベーター前に辿りつきそうだ。飛は椅子から立ち上がった。

そのときだった。またドアが開く音がして、うるさい足音がそれに続いた。

「えっ……」

飛はとっさに椅子を持ち上げようとした。部屋から駆けだしてきたあの男めがけて、この椅子を投げつけてやりたい。さすがにやりすぎか。すんでのところで思いとどまった。

「弟切弟切弟切〜」

ましゃっとは一応、声をひそめてはいた。でも、足音だけで十分やかましい。ぴょんぴょん跳ねてましゃっとについてくるルーヴィも目障りだ。

「……何なんだよ」

「何って、行かないの？　行くでしょ？　行くよね？　行こ！」

ましゃっととルーヴィは飛のところでは止まらず、そのままエレベーターに直行した。エレベーターの前には、すでに喪失組が列をなしている。ましゃっととルーヴィはその列の最後尾についた。いったい何を考えているのか。飛に向かって、笑顔で手を振っている。しょうがなく飛もバクを担いでルーヴィの後ろに並んだ。

喪失組は振り返らない。

ましゃっとは鼻歌を歌っている。ルーヴィは体を上下させ、リズムをとっているのか。

「……なんで来たの？」

飛が小声で訊くと、ましゃっとはパチンと指を鳴らしてウインクしてみせた。

「やっぱ、気になっちゃって！」

エレベーターの扉が開いた。喪失組が乗りこんでゆく。

ましゃっととルーヴィも、あたりまえのように続こうとしている。バクが暴れた。

「オイィッ⁉　飛、一緒に乗るつもりだぞ、アイツらッ⁉」

喪失組の五人がエレベーターに乗って、次はいよいよましゃっとの番だ。いけるのか。ましゃっとがいけるのであれば、飛も乗ってしまったほうがいいのだろうか。

「――ひっ」

ましゃっとがエレベーターの手前で足を止めた。吉居未来だ。喪失組の一人、吉居がましゃっとの前に立ちふさがって、威嚇する犬みたいな表情をした。

「ちょっ、えっ……ヨ、ヨッシー？　み、未来……ちゃん？」

ましゃっとは吉居に呼びかけながら、右足をのばしてエレベーターの中に下ろそうとした。扉が閉まる前に片足だけでも入ってしまおうという魂胆なのか。足でも何でも挟まる状態なら、エレベーターは動かない。

でも、ましゃっとの右足がエレベーター内に到達する前に、柏原総午が吉居を押しのけて拳を振り上げた。ましゃっとに殴りかかろうとしている。そうとしかとれないポーズだ。それでいて無表情なのが、なんとも気味が悪い。

「――わっ、ごめっ……」

ましゃっとが右足を引っこめると、エレベーターの扉が閉まりはじめた。尾賀がボタンを押したようだ。扉は間もなく完全に閉まった。エレベーターが下降しはじめた。

「いっやぁ。怖かったぁ……」

ましゃっとが振り向いて、ふう、と息をついた。眉がハの字に曲がっている。喪失組は飛たちのことを気にしていないようで、ついてこられたくはないらしい。

「そういえば――」

飛はあたりを見回した。

「階段ってないの？」

「ん？　どっかにあるはずだよ。非常階段」

ましゃっとはきょろきょろした。専用フロアのエレベーターホールには、一台のエレベーターと男子トイレ、女子トイレがある。右にも左にも通路がのびていて、片方はガラス天井のサロンに通じているが、もう片方は通り抜けできない。フェンスが設置され、封鎖されている。

「たぶん、あっちかな？」

ましゃっとはフェンスの向こうを指さした。真っ暗でよく見えないけれど、フェンスの先はかなり奥行きがあって広そうだ。もしかしたら、選抜生たちが利用しているサロンや個室、それを囲む回廊と似た構造になっているのかもしれない。つまり、このフロアには、エレベーターを挟んで同じようなスペースが二つある。

「あっ。エレベーター、地下で停まったっぽい」

ましゃっとがエレベーターのボタンを押すと、ルーヴィはなぜか連続宙返りを開始した。

「……うぜえんだってッ」

バクが吐き捨てるように罵っても、ルーヴィは跳ぶのをやめない。エレベーターが戻ってきて扉が開くまで、やたらと時間がかかったように感じられた。さっき喪失組の後ろに並んでいたときも、エレベーターに乗ると、ましゃっとが鼻歌を歌いだした。同じ鼻歌を歌っていた。

これは、あの曲だ。

Sという人物が作詞作曲したという、『作品#1』。

「ましゃっと」

「ほい？　何？」

「その曲って」

「あぁ、Sの？　ミュージックビデオ、観せたやつね。覚えてるんだ。もしかして、あのあと、自分で動画探して観たりした？」

「いや、それはしてない。けど……」

「けど？」

「そのSって人」

「うん」

「……って、誰？」

「Ｓ？　ＳはＳじゃない？」

「名前が、Ｓ？」

「そ。Ｓが名前。ま、何だろ。ペンネーム？　違うか。ハンドルネーム？　まぁ、本名じゃないよね」

エレベーターが地下一階で停まって、扉が開いた。

飛たちはエレベーターから降りた。喪失組の姿は見あたらない。

「ドア開くか、やってみる？」

ましゃっとが学生証をひらひらさせてみせた。飛はうなずいた。

二人で手分けして各部屋の認証機に学生証をかざしてみたが、どこもかしこもロックされていて開かない。

「んんー」

ましゃっとは医務室のドアの認証機に学生証を押しつけては離し、また押しつけた。

「だめだねぇ。前とおんなじパターンかぁ……」

飛はため息をつき、見るともなく廊下の突き当たりに目を向けた。あれは何だろう。壁に溝がある。縦に二本。その上端と上端が、もう一本の溝で結ばれている。飛は突き当たりの白い壁をさわってみた。他の壁と材質が違う。金属だ。どうやら防火扉らしい。

「ここ……非常階段？」

「そうだよ」

ましゃっとは防火扉の自分の腰より少し高い位置を探った。すると、そこに手がすっと入った。ぱっと見ではわからないが、その部分を押すと引っこむ仕掛けになっているらしい。防火扉の引き手のようだ。ましゃっとはそれを引っぱってみせた。

「今は開かないけどね。緊急時には開くようなシステム的なのがあるとかないとか。たぶん、あるんじゃない？　あるはず」

ということは、そのシステムとやらを操作できる者なら、エレベーターを使わなくても非常階段で地下に下りられる。

「あの人たち、どっかにはいるんだろうけどねぇ……」

ましゃっとは引き手から手を抜いてしゃがみこんだ。ルーヴィが廊下のずっと遠くのほうで楽しそうに飛び跳ねている。

「俺もね？　気になってなかったわけじゃないんだよ？　マジの話。最初のうちはね。だんだんよくなるっていうか、状態が？　戻るんかなーとか思ってたけど、あんまりそういう気配もないし。でも、そのうち慣れてきちゃって。慣れって怖いよねえ。とはいえ、やっぱ変っちゃ変だしさ……」

飛（とび）は医務室のドアに耳をくっつけてみた。バクもドアに身を寄せている。

「何か音する？」

ましゃっとも飛と同じことをした。それはまあいいのだが、飛の隣というか、お互いの顔が向かいあう場所でやらないで欲しい。けっこう近いし。

「気が散るんだけど……」

「ん？　んんん……？」

ましゃっとは目をつぶった。何か聞こえるのだろうか。飛が訊こうとして口を開きかけたら、ましゃっとは、黙って、と言わんばかりに人差し指を唇に当てた。

飛も目を伏せて聴覚に神経を集中させた。

何か聞こえる。

――ような気もするし、聞こえないような気もする。

ましゃっとは閉ざされたドアを両手で押して、ぱっと離れた。

「うん！　何も聞こえない！」

「聞こえねえのかよッ」

バクがましゃっとに躍りかからんばかりに身をよじった。ましゃっとは踵を返した。

「帰りますか！」

何なんだよ、こいつ。飛は呆れた。逆上したわけじゃないけれど、思わず少々唐突な行動をとってしまった。医務室のドアを叩いたのだ。平手でかなり強くぶっ叩いた。

「オッ――」

バクが絶句し、ましゃっとは回れ右した。

「はぁっ……!?」

飛はあくまでも冷静なつもりだった。喪失組はどうも医務室にいそうだ。でも、ドアは開かない。とりあえず反応を見てみよう。そう考えたのだ。かといって、これこれこういうわけでと説明するのは面倒くさい。飛は都合五回、ドアを叩いた。

「ちょちょちょっ、弟切っ……」

ましゃっとは慌てている。知ったことじゃない。飛は拳を握った。このドアは硬いし、殴ったりはしない。拳を痛める。小指の下の部分をドアに何度か打ちつけた。

「やっ、弟切……弟切ぃっ!?」

ましゃっとを黙らせるために、飛は「しぃっ」と一睨みした。それから、ドアに耳を押しつけた。バクもドアに体をくっつける。今度はどうだろう。

聞こえる。

音というほどはっきりしてはいない。

振動だ。

このドアの向こうで何かが動いている。

気配がする。

「……いるな？」

バクが飛に囁いた。飛はうなずいた。

そのまま一分以上待ってみたが、ドアの向こうの気配は消えて、何も起こらなかった。

「も、もう行こ、弟切」

ましゃっとに腕を掴まれて引っぱられた。飛は逆らわなかった。反応は間違いなくあったものの、医務室から誰かが出てくる様子はない。これ以上ここにいても、おそらく無駄だろう。

喪失組の五人は揃って午後十一時に医務室に行く。中で何をしているのか。

医務室にいるのは、喪失組だけなのだろうか。

#3-2_haizaki_itsuya/ ここにある我が本懐

灰崎逸也は認めざるをえなかった。

用務員の仕事は向いていると思っていたし、やり甲斐があって楽しかった。守衛もやってみたら意外と嫌いじゃない。でも、守衛の制服を脱ぎ、動きやすくて暗がりでも目立たない服装で特案の任務に就いていると、テンションが上がってしょうがない。言葉にするなら、これ、これ、これ、これ、という感じだ。これだよ、これ。

自分は何がしたいのか。どう生きたいのか。そんなのはどうでもいいと思っていたのだが、違う。これがしたかった。こうやって生きてゆきたい。こうしていると、生きている実感がある。ここが自分の居場所だと思う。灰崎逸也はやはりカワウソなのだ。

ハイエナがカワウソに課した任務は、選抜クラスの担任と副担任、愛田日出義と木堀有希の行動確認だった。

二人は午後五時過ぎに東棟を出た。カワウソは東棟の外にいたから目で見て確かめたわけじゃないが、二人とも同じエレベーターに乗って地下一階から一階に上がってきたのだろう。先に愛田が出てきて、ほんの少し遅れて木堀が現れた。

木堀の背中には二十センチ程度の白い人形のような人外がへばりついていた。

木堀有希。ユキ。だいぶ印象が変わったが、カワウソは彼女を知っている。あの白い人形めいた人外も。名はたしか、オーメン。能力は定かじゃない。ただ、とにかく数が多かった。数体じゃない。オーメンは何十体もいた。現在はどうなのか。ハイエナの人外ニセバチのように数が減るタイプなら、あの一体しか残っていないということもありうる。

そして、木堀に続いて、東棟から巨大な肉塊が出てきた。

たぶん人型なのだろうが、頭部や手足が埋もれるほどの肉、生の肉、肉そのもの、圧倒的な肉が、その人外を形づくっている。

ファットマン。何のひねりもない名だ。むろん、カワウソが考えたわけじゃない。愛田日出義――かつてヒデヨシがそう呼んでいた。

愛田、オーメンを背負った木堀、ファットマンは、連れだって、というふうには見えないくらいの距離を保って歩いてゆき、魁英学園内の職員用宿舎に入っていった。

職員用宿舎は、正門から延びる通路に面した駐車場の裏手にある。外壁がレンガで、しっかりした造りだ。本棟と別棟があって、本棟は数年前に建て直された。愛田と木堀は空き部屋が多い別棟に住んでいる。二人とも別棟の二階で、愛田は２０３号室、木堀は２０７号室。二階には愛田と木堀しか入居していない。別棟は改築の計画があるようだ。

カワウソは職員用宿舎別棟の出入口と２０３号室、２０７号室に加え、駐車場まで見渡せる植え込みに陣どっていた。職員用宿舎周辺は防犯カメラが少ない。ここも映らない。

２０３号室、２０７号室、ともにカーテンが閉まっており、外から明かりは確認できなかった。遮光性が高いカーテンなのか。

午後十一時頃、動きがあった。職員用宿舎別棟から愛田(あいだ)が出てきたのだ。巨大な肉塊、ファットマンも従えている。

愛田は白いキャップを被(かぶ)り、緑色のライダーズジャケットに細身のデニムを合わせハイカットのスニーカーを履いていた。教員のふりをしている姿よりは、カワウソが知っているヒデヨシに近い。

愛田とファットマンは駐車場に向かった。駐車場に駐(と)まっている車は、大半が教職員のものだ。

不意にカワウソの右肩に重みがかかった。見ると、右肩に黒い鳥が止まっていた。頭部が大きめで、耳のような出っぱりが二つあり、胸のところが白い。白い部分はハート型だ。鳥のようだが、鳥じゃない。

「サラマンダー」

正確には、サラマンダーの人外ずっきゅんだ。カワウソはこの任務を単独で行っているわけじゃない。行動確認の対象が二人だし、一人では無理だ。

「追いかける？」

ずっきゅんが言った。正確には、ずっきゅんじゃない。サラマンダーの声だ。

駐車場に駐まっている黒い大型ミニバンのテールランプが一瞬、点灯して、何か物音がした。愛田がスマートキーでロックを解除したらしい。

「ああ」

カワウソが手短に応じると、ずっきゅんは「了解」と答えるなり飛び立った。木堀はまだ自分の部屋にいるだろうが、そっちはサラマンダーに任せておけばいい。

「オルバー」

小声で呼んだら、すぐそばのケヤキの木からイタチのようなオルバーが下りてきた。オルバーはカワウソの体を伝い登り、首を一周してから左肩の上の定位置についた。

愛田はミニバンのバックドアを開けた。ファットマンがそこから乗りこむと、車全体が目に見えて沈みこんだ。愛田はバックドアを閉め、運転席に乗った。

カワウソは愛田のミニバンが発車してしばらく経ってから植え込みを離れた。駐車場の端にシルバーのコンパクトカーが駐まっている。カワウソの愛車だと言いたいところだが、任務のために貸し出されている車だ。走りはそこそこで、燃費はいい。

カワウソはコンパクトカーを走らせて魁英学園を出た。黒いミニバンにはすぐに追いつくことができた。車載機にスマホが自動接続される設定になっている。

「ハイエナに電話」

音声で操作すると、ハイエナに繋がった。

『おう』

「カワウソです。愛田が車で外出。追跡中です」

『サラマンダーから聞いてる。用心しろ』

「心配してくれるんですか」

『いいや。警告してるんだ。やらかすんじゃねえぞ』

「……了解」

カワウソはスマホの電源ボタンを押して通話を終了させた。

「当たりがきついんだよな、おれには……」

助手席にちょこんと座っているオルバーが、首を傾げてカワウソを見ている。カワウソは平手で軽く自分の頰を叩いて活を入れた。

「お仕事、お仕事っと――」

用務員時代はほとんど車を運転していなかったが、腕はさして鈍っていないようだ。カワウソは間に何台か挟んでミニバンを尾行し、一度も見失わなかった。

「さて、曲がりなりにも学校の先生が、平日の夜にどこ行こうっていうんだ……?」

道順からしておおかた見当はついたが、案の定だった。ミニバンは鹿奔宜市の繁華街に差しかかった。地名で言うと、豊楽町だ。ミニバンは豊楽町のど真ん中を抜けて、外れにあるコインパーキングに入っていった。駐車するようだ。

付近には同様の小さな駐車場がいくつかある。カワウソは大急ぎで別のコインパーキングに車を駐めると、オルバーを連れて引き返した。

愛田はコインパーキングから出てきたところだった。ファットマンもいる。膨大な量の肉をゆっさゆっさと揺らしながら、愛田の後ろを移動している。

このあたりは平日ということもあって人通りが少ない。カワウソは十分な距離をとって愛田とファットマンのあとをつけた。

「あの店に――入る……のか？」

愛田はウービーパレスという名の雑居ビルの前で足を止めた。一階に、パブ・サバイバル・リパブリック、とかいう店が入っている。酒を出す飲食店だ。ガラス張りで、外からも店内がよく見える。

愛田が店のドアを開けると、やかましい音楽が聞こえてきた。愛田は入店したが、ファットマンは外で待機するようだ。

カワウソは路地に入った。ちょっと顔を出すだけで、パブ・サバイバル・リパブリックとファットマンの様子が確認できる。

「生き残り共和国、ね……」

愛田はカウンター席に座り、隣の男性客と何かしゃべっている。初対面じゃないのか。愛田はその男性客の背中を叩いて笑っている。

「常連？　行きつけの店なのか」

声というほどの声を出しているわけじゃないが、カワウソは自分が独り言を言っていることに気づき、小さく咳払いをした。左肩の上でオルバーが首を振り向かせた。

「――ん？」

カワウソはオルバーの視線の先に目をやった。この路地を抜けるとまた別の通りだ。路地に面した建物の小窓に明かりがついている。かなり暗いが、何も見えないというほどじゃない。とくに異状はなさそうだ。この路地にはカワウソとオルバーしかいない。

カワウソはオルバーの背を軽く撫でた。ふたたびパブ・サバイバル・リパブリックを見やると、愛田がグラスを手に立ち上がっていた。別の席に移るのか。愛田はさっきの客とは違う、他の男性客の隣に腰を下ろした。その男性客とも楽しげに会話している。

愛田はドレッドヘアの店員とも親しそうだ。店員がグラスに酒を注ぎ、客に提供しないで軽く掲げ、口をつけて呷った。それに合わせて、愛田や他の客たちも飲んだ。

好みの曲でもかかったのか、愛田が席を立って踊りだした。骸骨みたいに細い体がくねくねと動いている。

「キモいんだけど……」

店外のファットマンはときおり肉をぶるぶるさせるだけで、その場から動かない。まるで不気味なオブジェだ。店内の愛田は、あっちへ行ったりこっちへ行ったりで忙しい。

カワウソはといえば正直、暇だ。特案の任務にはやり甲斐を感じるが、せっかちというより落ちつきがないので、じっとしているのは得意じゃない。こらえ性のなさはカワウソの欠点だ。自覚はある。後輩だった頃は注意してくれる先輩がいた。でも、今は自分が先輩だ。それも、ちょっとやそっとの先輩じゃない。カワウソはクチナシの後輩たちよりも、下手をすると倍以上長く生きている。

「お手本にならなきゃなんだよ。わかってるのか、おれは……」

弟切飛などはリスクを冒して潜入を続け、しっかりと役目を果たしている。なかなか店から出てこない愛田に痺れを切らしそうになっている場合じゃない。

そろそろ愛田が入店してから一時間は経っただろうか。そう思って時刻を確かめると、まだ三十七分しか経過していなかった。体感と実時間との差は二十三分。小さいとは言えない誤差だ。かなり大きい。

不意にオルバーが後ろを見た。カワウソも振り向こうとした。そのときだった。

「こんばんは」

女の声だ。えらく冷たい、挨拶をしてきているのに、突き放すような声音だった。

見ると、パンツスーツ姿の女が立っていた。スニーカーを履いている。

「木堀有希」

カワウソはとっさに身構えた。

「……なんで、ここに」

「なぜ、とは？」

木堀は向こうの通りから路地に進入してきたのだろう。今はカワウソから約七メートル離れた場所にいる。カワウソとオルバーに気づかれることなく、そこまで接近したのだ。

「どういう意味ですか、守衛さん」

「……いや――」

職員用宿舎から愛田日出義が出てきた。木堀有希は宿舎の部屋にいる。そう思っていた。サラマンダーがずっきゅんに宿舎を見張らせている。何かあれば報せがくるはずだ。しかし、現に木堀はここにいる。

「あなたたちの目を誤魔化すくらい、わけない」

木堀が低く喉を鳴らして笑った。カワウソやずっきゅんが監視していることを見破っていたのか。愛田は玄関から堂々と宿舎を出た。あれはわざとか。その間に、木堀は何か違う経路で抜けだした。愛田があの店で飲んだり踊ったりしてみせているのも、きっと意図的だ。愛田は時間稼ぎをしていたのかもしれない。愛田は車で移動したが、木堀はそうじゃないはずだ。少なくとも、駐車場に駐めてあった車は使えない。学外に出て、タクシーをつかまえたのか。そこまではわからないが、木堀が愛田に、ひいては尾行者であるカワウソに追いつくために、いくらか時間が必要だった。三十七分程度の時間が。

木堀が右手の人差し指で頭上を示した。

「オーメン」

つられて上を見たらどうなるか、カワウソはなんとなく察していた。十中八九、よくないことが起こる。それでも、見ずにはいられなかった。思ったとおりだ。白いものが落ちてくる。一つや二つじゃない。たくさんだ。

「──オルバー……っ」

カワウソは左肩の上のオルバーを路地の出口方向に押しやった。その直後、最初の白いものがカワウソの視界を完全に覆った。それは冷たくていくらか湿りけがあった。カワウソの両目のみならず、鼻孔も、口も、その白くてぺったりしたものがふさいだ。

もちろん、カワウソはオルバーを逃がすだけじゃなく、自分自身もこの場から離れようとした。離れたくても、白いものがぼとぼとぼとぼと、次から次へと落ちてきて、カワウソの体のあちこちにまとわりついた。気がつくと、カワウソは四つん這いになっていた。這い進もうとしたが、無理だった。方向がわからない。手が、腕が前に出ない。息もできない。全身に、全方向から圧力がかかっている。縮む。このままでは体が縮んでしまう。カワウソの体積が小さくなる。縦に二分の一、横に三分の一程度まで縮められた一人の人間が、あるときを境にぐしゅっと一気に丸まるイメージが脳裏をよぎった。血が沸騰しかけていて、肺が破裂しそうだ。気が遠くなる。だめか。もうだめなのか──

#3-3_otogiri_tobi/ 攻防の表と裏

喪失組が午前二時過ぎに地下から五階専用フロアに戻ってくるまで、飛は起きていた。

何回か寝落ちしそうにはなった。

本当は、覚えていないくらい寝落ちして、そのたびにバクに叩き起こされ、飛はキレたり、そこまでキレなかったりした。まったくキレないということはまずなかった。だいたいの場合はキレてしまった。

とにもかくにも、なんとか喪失組の帰りを確認して、萌日花にその旨を伝えてから、飛は部屋を暗くしてベッドに倒れこんだ。これで朝まではぐっすり眠れる。ところが、なぜかすっと寝入ることはできず、ようやく眠っても三十分と経たずに目が覚めてしまう。

飛は枕に顔を押しつけた。叫びたかったが、それはさすがに我慢して低い声で言った。

「何なんだよもう」

「…………」

バクは飛に気を遣って黙っているのだろうか。それとも、当てつけなのか。そうだ。当てつけに決まっている。飛はうつ伏せのままじたばたしてみた。それでもバクは何も言わない。頭にきたのでベッドから足をのばして蹴ろうとしたが、バクはどこにもいない。

「……え？　バク？」

「…………」

「バク？　いるよね？　あれ……？」

「…………」

「ちょっ――え？　バク……？」

不安になって、ベッドから離れて明かりをつけると、果たしてバクはちゃんといた。お気に入りの椅子でふんぞり返っていた。

「いるじゃないか……」

「そりゃいるだろ」

「答えないから」

「オレだって疲れてんだよ」

「……そうなの？」

「嘘に決まってんだろ。オレは天下無双だぜ。この程度で疲れるわけねえだろ。おまえみたいにショボくねえんだよ」

「…………」

「な、何だッ」

「……」

飛は無言でバクに歩み寄り、両腕で締めつけるようにして持ち上げた。

「オイッ、ちょッ……はッ、離せッ、何するつもりだコラッ、飛ッ、飛って――」

有無を言わせなかった。飛は暴れるバクをベッドに押し倒した。両腕、両脚で、バクをがんじがらめにして目をつぶる。

「飛コノヤロッ、いったい何をオマエ……ッッ――……」

バクはしばらくじたばたしていたが、そのうちおとなしくなった。

明かりを消していないので、閉じた瞼を通して光を感じる。それでも、こうやっていると眠れそうな気がしてきた。

「チッ……」

バクが舌打ちをするような音を発した。

「ガキじゃねえんだから。まァ、人間の十四歳なんて、まだガキっつーことか……」

「うるさい」

「いいけどよォ……」

眠たいし、眠れそうなのに、どうしても眠るところまではいかない。やはり明かりが点いているせいだろうか。飛はバクをそのままにして素早くベッドから離れ、明かりを消した。そうしてからもう一度、さっきと同じ体勢になってみたのだが、今度は眠気が差してこなくなってしまった。飛はため息をついた。

「……睡眠中枢が破壊されたのかも」

「よしよし」

バクが身をよじって飛の頭を撫でた。すかさず飛はバクをぶん投げた。

「――痛ッ。何しやがるッ！」

結局、浅い眠りに何度か落ちただけで、六時前になってしまった。飛はまともな睡眠をとることをあきらめてベッドを離れた。寝坊してはならないと、スマホでアラームをかけておいたのに、何の意味もなかった。

「ぎりぎりまで寝ててもいいんだぜ？」

椅子にでんと座っているバクを蹴っ飛ばしたくなった。

「……ガキじゃないんだから」

飛はぐっとこらえた。だるいし、吐きたいような、逆立ちしていないのに逆立ちしているような気分で、いっそのこと実際に逆立ちしてみたらどうなるだろうと考えたりもした。でも、そんなことをして、本当に吐いてしまったら最悪なので、やめておいたほうが無難だろう。

身支度をして部屋を出ようとしたら、バクが椅子の上で身をくねらせた。

「どこ行くんだよ、飛。オレも連れてけ」

「ええ……」

ごねるのも億劫だ。飛はバクを担いで東棟を出た。外はまだひとけがなかった。天気はまずまずだ。とりあえず雨は降りそうにない。

「朝っぱらから、散歩でもしようってのかよ」

「……走ろうかな。逆に」

「ソレ、逆か？」

「言葉の綾だろ」

「いいんじゃねえの。体を動かしたら、意外とスッキリするかもだし。たしか、池の周りは走っていいコースだったはずだよな」

飛は小走りに池へ向かった。池を一周する道にはちらほらとランニングしている人の姿があった。背恰好からして、高等部の運動部に所属している寮生たちのようだ。

ただ走るだけでは物足りない。飛はベンチを見かけると、その背もたれの上を軽快に駆けた。飛んだり跳ねたりしているとすぐに体が温まって、だんだん気も晴れてきた。

ポケットの中でスマホが振動しはじめたのは、四台目のベンチの背もたれから飛び降りて宙返りした瞬間だった。

飛は着地してからスマホを出した。

「萌日花――じゃなくて……ハイエナか」

少し息が弾んでいる。飛は走るのをやめて大股で歩きながら電話に出た。

「もしもし」

『モーニングコールが、こんなおっさんの声じゃ気の毒だろうとも思ったんだが……起きてたみたいだな、ヒタキ』

「まあね、ハイエナ」

『ちゃんと寝れてるか？』

「普通」

『そうか』

ハイエナは苦笑した。飛の嘘は見抜かれているようだ。

『今、どこにいる？　外か？』

「そんな感じ。そっちは？　僕も深夜に報告入れたりしてるし、寝てないんじゃないの」

『年のせいもあるが、もともと長い時間、寝られない質でな。小一時間眠れれば、なんとかなる』

「年のせい？」

『若い頃と違って、爆睡したくてもすぐ目が覚めちまう。老化なんだろうな』

「そういうものなんだ……」

まさしく今の飛が同じ状態だ。飛も年をとったのだろうか。もう若くないのか。まだ中二なのに。そんな馬鹿な。

『パイカにもこのあと伝えるつもりなんだが、あいつは四時過ぎまで起きてたしな』

「少しでも寝かせといてやりたい？」

『言うなよ、あいつには。餓鬼扱いするなって、ブチキレられる』

「わかった。黙っとく。で、何？」

『じつは、カワウソと連絡がとれない』

「え……」

飛は思わず立ち止まった。すぐにまた歩きだした。

「灰崎さん——何かあったってこと？」

『まだわからん。昨夜は、サラマンダーと一緒に愛田日出義と木堀有希が入居してる職員用宿舎を見張らせてたんだが、愛田が外出して、カワウソは一人で追跡した』

この前、灰崎が教えてくれた。灰崎は任務中、特定事案の容疑者一味に拉致されたことがある。その一味の中に、愛田と思われる男がいたらしい。

そして、灰崎を救いに来た同僚、ドールという先輩が、命を落とした。

灰崎は容疑者一味に先輩を殺されたのだ。

「——因縁が……あるんだよね。灰崎さんと、愛田日出義」

『そうだな』

「愛田を尾行してて、灰崎さんは失踪した。……愛田がやったってこと？」

『それは何とも言えん。サラマンダーは、午前三時頃、愛田が車で宿舎に戻ってきたのを確認してる』

「喪失組が医務室に集まってたとき、愛田は学園の外にいた。木堀は宿舎。二人とも医務室にはいなかった」

『そういうことになる』

「……灰崎さん。どうしよう」

『きみやパイカが行方不明の守衛を捜し回るわけにもいかん。そもそもカワウソは、このまま無断欠勤でもしない限り、行方不明ですらない』

「オルバーは？　灰崎さんの」

『わからん。個人差というか、個体差はあるが、人外は主からそうは離れられない。灰崎と一緒にいるか、もしくは……』

「僕にできることは？」

『今はない。それでも、きみは知っておいたほうがいいと判断した』

どうせ飛にはできることが何もないので、灰崎の件を話してもしょうがない。さしあたり秘密にしておこう。ハイエナがそう考えたとしたら、どうだっただろう。あとで飛がそれを知ることになったら、納得できなかったかもしれない。

「わかった。僕は、僕にできることをする」

『頼む』

+++ + ++++

遅めに登校してA教室に足を踏み入れると、喪失組の五人はすでに着席していた。ましやっとや辰神はまだいない。ほまりんと音津美呼、蛇淵愁架、犬塚茉知の女子四人は固まって何かしゃべっている。ほまりんは手を振って元気よく飛に挨拶をし、他の三人も続いた。飛はうなずいて、おはよう、とだけ返した。

それとなく喪失組の様子をうかがいながら自分の席につくと、机の上に置いたバクが呟くように言った。

「いっそのことよォ。やつらに直接、訊いてみりゃいいんじゃねえの」

「直接……」

飛は少し痒みがある目をこすった。

夜、部屋を出て、どこかに行っている者たちがいる。たまたま飛はそれを知った。不思議に思うのが自然だろう。縁もゆかりもない、何の接点もない人びとならともかく、相手は同級生なのだ。どこに行って、何をしていたのか、本人に尋ねる。不自然じゃない。むしろ、ごくごく自然というか、あたりまえだ。

　ただ、訊いたところで、まともな答えが返ってくるかどうか。おぼつかないが、もしかしたら誰か一人くらいは返事をしてくれるかもしれない。

「飛、おまえの代わりに、オレが訊いてやってもいいんだぜ？」

「ううん……」

　軽く頭を抱えて迷っていると、唯虎がやってきて飛の机にそっと手をかけた。飛はそれまで唯虎が教室に入ってきたことにも気づいていなかった。セラは唯虎の背後にいる。唯虎の影みたいに気配がない。

「おはよう、弟切」

「……あ。おはよう」

「昨夜、日向と一緒にどこか行ってた？」

　唯虎は飛の回答を待たなかった。

「地下だろ」

「ア……？」

　バクが訝しげな声を出した。

「彼らの――」

　唯虎は教室をざっと見回した。

「あとをつけたんじゃない？」

ただ教室を見回したのではなく、唯虎は喪失組の五人を目線で示したのだろう。まず間違いなく、彼らとは喪失組のことだ。

「尾賀は去年の五月かな。仲よくなる時間もなかった」

唯虎はとくに声を潜めるでもない。喪失組に聞かれてもかまわないのか。それどころか、聞かせようとしているのかもしれない。

「津堂は七月か。誰にでも心を開くっていうタイプじゃなかったと思う。自分の人外はすごくかわいがってたけどね。津堂の人外はイノシシの子供みたいな見た目で、一回だけさわらせてもらったな」

ほまりんたちが口をつぐんで唯虎に視線を注いでいる。

当の津堂亥は相変わらずだ。やけに真剣な顔つきでスマホに見入っている。きっと読書しているのだろう。

尾賀申は指揮者のような手振りをしている。でも、人差し指と親指で円を作り、中指、薬指、小指を揃えて立てているので、やっぱり指揮者とはだいぶ違う。それに、舌を出して高速で動かしている。いったい何をやっているのか。まったく不明だ。

靴を脱ぎ、窮屈そうに椅子の上で体育座りをしているウッシーこと宇代轟堅は、目をつぶっているけれど、眠っているわけではないらしい。たまに「はい、はい、はい」と声を発してうなずいている。「いいえ」と首を振ることもある。

教室の隅で柏原総午（かしわばらそうご）と吉居未来（よしいみらい）が身を寄せあってしゃがみ、何やら囁（ささや）き交わしている。

「総午とは妙に気があって、あっという間に友だちになれた」

唯虎は柏原と吉居を一瞥（いちべつ）しただけで、すぐに目を逸（そ）らした。見たくもないし、とても見ていられない、というふうに。

「吉居さんは総午のことがすごく好きだった。でも、二人は付き合ってたわけじゃなくて。総午はやさしいから、吉居さんとどう接したらいいか、少し悩んでた。嫌いとかじゃないけど、友だちとしか思えない。どうしたらいいんだろうって、何回か相談を受けた」

柏原が急に立ち上がって舌打ちをした。一度じゃない。何度も、連続で。

吉居は柏原を見上げて、眉をひそめている。やがて叩（たた）きはじめた。拳で、柏原の膝を。

柏原は膝を六回殴られたところで、吉居の胸を足蹴にした。

吉居は後ろにごろんと転がって起き上がった。今度は吉居が舌打ちを開始した。

「友だちがあんなふうになったら……そりゃあね。気になるよ」

唯虎は下を向いている。

「あっちは俺のこと、これっぽっちも気にならないみたいだけど。覚えてるとか、覚えてないとか、そういう次元じゃないんだ。俺が思うに、別人だから」

「ムウ……」

バクが唸（うな）った。

あらためて、飛は思わずにいられなかった。龍子にはこんなこと、絶対に話せない。虚心症が治るかもしれないなんて、そもそも言うべきじゃなかったのだ。

「あと、尾賀だけど」

唯虎は横目で尾賀を見た。五月というと、尾賀は入学して間もなく人外を失ったのだろう。唯虎自身語っていたように、尾賀には柏原や吉居ほどの思い入れはないみたいだ。

「尾賀だけは、戦抜で負けたんじゃない」

「……え。あぁ、でも、そっか――」

辰神令はすでに戦抜で三勝しているという。内訳は、津堂亥、柏原総午、吉居未来。飛が打ち負かしたウッシーも、あれが初めての実戦だと言っていた。

「戦抜じゃ……ない？」

「尾賀は脱走したんだ。連れ戻されたから、未遂ってことになるのかな」

「この学校から、逃げようとしたってこと？」

「たぶんね。そのあたりの事情は、俺にはわからないけど。知りたかったら、日向に訊いてみるといいよ」

飛は反射的にましゃっとを探した。まだ今朝はA教室に姿を見せていないから、ましゃっとはいない。ほまりんと目が合った。何か言いたそうにしている。けれども結局、ほまりんは口を開かなかった。

「日向はずっとあの調子で、最初はけっこう浮いてた」

唯虎は左側の頬を微かに引きつらせた。

「ただ、尾賀はなぜかよく日向の相手をしてやってたんだ。突然、尾賀がいなくなって、驚いてなかったのは日向だけだった。これは陰口だと思ってくれてもいいけど、日向は前もって知ってたんじゃないかって、俺は感じた。もっと言うと、確信してる。愛田先生が尾賀に関する情報提供を俺たちに呼びかけた。そのあと先生たちがいる準備室に行ったのは、日向だけだったしね。その三日後だったかな。尾賀は帰ってきた」

バクがそう言ってファスナーを開け、ハァ、とため息らしきものをついた。

「人外を失って——か？」

唯虎は「ああ」とうなずいた。

「それだけじゃない。津堂を挑発したのは辰神だけど、日向もだいぶ煽った。面白かったからふざけてただけだって、日向は言い訳してたけどね。辰神と総午が険悪になったとき、日向は総午の肩を持ってた。それなのに、総午が辰神に負けたら、あっさり辰神の機嫌を取りはじめた。吉居さんは辰神よりも日向に腹を立ててたくらいだ。吉居さんにしてみれば、日向は味方だと思ってたのに、裏切られたような気分だったんだろうな」

その吉居は柏原の両耳を指でつまんで、前後左右に引っぱっている。柏原は無表情だ。されるがままになっている。

「俺も後悔してる。総午を止められなかった。吉居さんも」

唯虎はうつむいて腕組みをした。

「何のかの言って、総午は辰神に勝てる自信があったんだ。俺も総午が負けるとは思ってなかった。どうしてもやるっていうなら、しょうがない。必ず勝てよって、総午を送りだした。でも、吉居さんは自暴自棄になってたし、止めなきゃいけなかったんだ。日向は、ここでリベンジしとかないと悔いが残るとか何とか、吉居さんに言ってたけど」

柏原に続いて吉居が戦抜で敗れ、人外を失った。それからしばらくして、唯虎は喪失組の奇妙な行動に気づいた。

喪失組はほとんど毎日、午後十一時頃に部屋を出て、エレベーターに乗る。日をまたいで、午前二時頃に戻ってくる。

飛と同じように、唯虎も喪失組のあとをつけた。

「――このフロアに来てるってことまでは知ってる。けど、夜はどの部屋もロックされてて、入れない。医務室じゃないかって、おれは睨んでるんだけど」

唯虎も飛と同じ結論に達している。その先に進めないのも一緒だ。

「……直接、訊いてみた？」

飛は柏原と吉居をちらりと見た。

唯虎はまず縦に一度、それから横に何度か、首を振ってみせた。

「まあ。意味なかったけど。弟切も尋ねてみたら？　それが一番手っとり早いよ」

なかなか勇気が要るが、百聞は一見にしかずだ。

喪失組でまだしも話が通じそうなのは、尾賀だろうか。尾賀はさっきから両手を筒にして繋げ、吹き矢の真似事のようなことをしている。飛が近づいていったら、こっちに息を吹きかけてきて、ちょっとびっくりした。

「……あの。尾賀……くん？」

尾賀は吹き矢もどきで三回、息を発射した。それから、両手の筒を口から外した。

「何だおまえは。何ですかおまえは。何なんですかおまえ」

両目が吊り上がっている。飛に敵意を抱いているのか。飛は思わずあとずさりしそうになった。

「……と、飛ッ」

バクが飛の机の上で身をよじった。途端に尾賀はニヤニヤしはじめた。

「おはようさん。おはよう。おはようございまーす。おまえはたしか新入りだよ。新入りだな。新入りですね」

「……あぁ。そう。僕は、弟切。弟切飛」

「オトウトギリィー？」

「や、弟切……」

「それがどうしたっていうんだ。どうしたっていうんですか。何なんですかおまえは。何様のつもりですか」

「……何様でもないんだけど」

「上様でも神様でも仏様でもないっていうんですか」

「ち、違う。その、だから、昨夜、尾賀くん、どこか行ってたよね。夜遅く。何人かでエレベーターに乗って。それで、どこに行ってたのかなって。気になって」

「昨夜？　夜遅く？　何人で？　何人かで？　エレベーターに？　乗って？　どこに？　どこに行ってたのかな？　誰がだよ？」

「尾賀くん……尾賀くんたちが」

「知らないんですか？　夜更かしは体に毒ですよ。体に猛毒です。ポイズン。ポイズン。ポイズン。そんなことも知らないんですかあ？　常識がないな。非常識だなおまえ」

「……尾賀くんに言われたくないんだけど」

「その心は？」

「え？」

「その心はどこにあるのか？」

尾賀はふたたび両手を筒にして、口の前で繋げた。吹き矢だ。吹いてきた。矢は出ない。息だ。生暖かい。

「フーッ。フーッ。フーッ」

「……ちょっ、やめてくれない？」

「フーッ。フーッ。フーッ。フーッ。フーッ。フーッ。フーッ。フーッ！」

だめだ。会話が成立しそうで微妙に成立しないし、吹きかけられる息が気持ち悪い。

仕方なく退散して席に戻ると、唯虎が飛の肩に手を置いた。

「尾賀はまだいいほうだよ。おれは総午に蹴られたし」

「……そっか」

飛は、尾賀も、柏原のことも知らない。唯虎は柏原と友だちだった。それなのに、蹴られた。そうとうショックだったに違いない。

「別人、か……」

バクが呟いた。

別人。

たとえば浅宮の場合、虚脱というか放心状態ではあっても、浅宮以外の別の人物という印象は受けなかった。明らかに正常じゃない。それでも、浅宮は浅宮だった。

選抜クラスの喪失組は何か違う気がする。

人外を失ったことで、人が変わってしまった。見た目はともかく、中身が。別人になってしまった。そんなことがありうるのか。

「おっはー……！」

ましゃっとが威勢よくA教室に入ってきた。両手を振りながら、飛のほうに駆けてくる。

今朝も縦横無尽に跳ね回っているルーヴィがやたらとうざい。

「おっはー！　弟切、オドリギ、オドロキ、オノノキー！　正解はどれでしょう!?」

唯虎はセラを連れてすっと飛から離れた。

「弟切に決まってんじゃねえか……」

バクが呆れて言うと、ましゃっとはパチンと指を鳴らしてウインクをした。

「バク、正解……！　弟切は無回答だから、不正解ね！　自分の名前なのにさあ！　このクイズ・自分の名前って、正答率九十八パーなんだよ。俺調べで！」

ましゃっとを追い払いたいが、指一本動かしたくない。ものすごい疲労感だ。

「……帰れよ」

「またまたまたぁ。来たばっかじゃーん。朝だし。明るく楽しい一日が今まさに始まったところじゃーん」

間を置かずにドアが開いた。愛田だ。それから、木堀も。

愛田が教卓に手をついて教室を睨み回した。木堀がリモコンを操作すると、壁一面のディスプレイに荒れ果てた原野の風景が表示された。草木らしい草木がほとんど生えていない。乾ききった土と石ばかりだ。

愛田が口を開こうとした瞬間、またドアが開いて、辰神令とロードが姿を現した。辰神もロードも、威風堂々、張りすぎなほど胸を張っている。まったく、なぜいつもあんなに偉そうなのか。辰神は悠々と着席すると、これでよし、とばかりにうなずいた。

愛田は一度、天井を仰いでから、ヘッ、と鼻を鳴らし、潰れた台形の目を飛に向けた。

「どうもおまえらの中に、選抜生としての自覚に欠ける者がいるようだな。自由と、我儘、自分勝手を履き違えてやがる馬鹿がいる。どうしたらいいか。考えたんだが――」

愛田は拳を教卓に叩きつけた。

「ルールを作って、守らせることにした。俺としても、こんなことはしたくねえ。でも、仕方ねえよな。馬鹿は管理するしかねえ。さもないと、馬鹿だけにどこでもクソを垂れ流すからな」

「先生、はーい！」

ましゃっとが挙手した。

「今後、午後八時から登校時間までの勝手な外出を禁止する」

愛田はましゃっとを無視して続けた。

「どうしても外出したいなら、申請しろ。正当な理由だと担任の俺が判断したときに限り、許可する。申請は、このあと木堀先生が配布する外出申請用紙で行え。追って、選抜生用の外出申請サイトを作成する予定だ」

「先生ーっ！」

ましゃっとが叫んだ。愛田は見向きもしない。

「なお、夜間以外も、学外に出る場合は原則として、申請が必要なものとする。虚偽の申請は厳罰の対象だからな。いいか。この俺を騙そうとするんじゃねえぞ。天網恢々疎にして漏らさず。馬鹿は知らねえだろうが、老子ってやつの言葉で、悪事をした者は必ず天罰を受けるって意味だ。嘘は絶対にばれるからな」

「先生！　せーんせっ！　はーい、はい！」

ましゃっとは立ち上がって手を挙げた。そのそばで、ルーヴィがぴょんぴょんぴょんぴょん跳ねている。さすがの愛田も折れた。

「……何だ、日向」

「質問がありまーす！」

「だから、何だと訊いてるんだ」

「外出って、具体的にどこまでが内でどこからが外になるんですか？」

「課外時間は、東棟五階の専用フロアが内で、その他は外だ」

「えぇーっ。じゃあさ、購買部もだめってこと？」

「そうだ」

「ブーブー」

ましゃっとは右手の親指を下に向けてブーイングした。でも、愛田が教卓を殴りつけると、一瞬でやめた。

「……動きを封じてきやがったな」

バクが小声で言った。それが聞こえたのかどうか。

「ハハァッ……」

愛田の顔面がぐしゃぐしゃになった。

「ククク……ゲェハハァ……キィーハァッ、フェヘハハハァ……」

尖（とが）った肩が波打つように上下している。笑っているのか。なんて笑い声だろう。愛田は間違いなく飛（とび）を見ている。笑っているのだ。飛を嘲笑（あざわら）っている。

⦿ #3-4_haizaki_itsuya/ 再来は苦く痛ましく

カワウソはどこかにいる。

あたりまえだ。

こうして息をしているからには、生きている。生きている以上、地球上のどこかには存在している。

地球外ということはないはずだ。じつは、生きていない。死後の世界にいる。その可能性もないとは言いきれないが、とりあえず考慮しなくていいだろう。死んでしまっているなら、カワウソにできることはもう、たぶん何もない。

目隠しをされている。アイマスクだ。なんとかずらそうとしてみたが、無理だった。おかげで何も見えない。

おそらく裸だ。ぜんぶ脱がされたようで、下着すらつけていない。

後ろ手に、結束バンドか何かで両手首を縛られている。左右の足首もだ。

カワウソは狭苦しい場所に座らされている。尻や腕、背中、足裏の感触からして、きっと浴槽だろう。立とうとしてみたが、紐(ひも)か、もしくはテープのたぐいなのか、邪魔なものがあって不可能だった。座っているしかない。

どれくらい気を失っていたのか。定かじゃないが、目が覚めるとこの状態だった。ずっと座っているのもつらいけれど、ヘッドホンで耳をふさがれているだけならともかく、やかましい音楽を爆音で否応なく聞かされつづけているのも、けっこうきつい。ジャンルはロックか。激しい。聞き覚えのある曲が流れると、一瞬、おっ、と思う。有名な映画の主題歌で、わりと好きな曲だったりすることもあるが、すぐ嫌いになってしまう。音量がとにかく大きすぎて、耳が痛いし、脳が疲れる。

口は自由だ。しゃべってみると、自分の声はどうにか聞こえる。それだけだ。

ここはどこなのか。

どこだ。

どこですか。

今は何時頃なのだろう。

あれから何時間経ったんでしょうか。

誰か。

誰か教えてくれないか。

誰か！

誰がこんなことを。

こんなむごいことを……。

拉致だ。これは立派な拉致監禁じゃないか。犯罪だ。警察に逮捕される。そういう行為だ。通報してやる。できるものなら。

できないわけだけど。

頭の中で考えているだけなのだろうか。

カワウソは声を出しているのか。

自分でもよくわからない。

なんとなく、声を出していたほうが少しだけ楽なような気がする。ほんの少しだ。たいして変わらない。

音楽。曲。そうか。音楽がうるさい。うるさすぎる。

一曲あたり三分半から、長くても五分といったところだろう。曲数を数えていれば、時間の経過をだいたい把握できるんじゃないか。

できない。無理だって。あまりにもうるさすぎる。頭がおかしくなりそうだ。もうおかしくなっているのかもしれない。

拉致監禁。

またか。また捕まった。

何をやっているんだ。

馬鹿じゃないのか。まんまと同じ過ちを繰り返してしまった。馬鹿だ。馬鹿以外の何物でもない。

木堀有希。
ユキ。
オーメン。
愛田日出義。
ヒデヨシ。
ファットマン。
またあいつらだ。
うっわ。
かっこ悪っ。
最悪。
恥っずかしっ。
それ以上に、面目ない……。
穴があったら入りたい。こんな浴槽じゃなくて、ちゃんとした穴に入りたい。
「──穴がどうしたって？」
急に爆音がやんで、代わりに男の声が聞こえた。ヘッドホンを外されたらしい。
「お楽しみの時間だ。口にあてるぞ」
やや聞こえづらいのは、あの爆音のせいで耳がやられているのだろう。

愛田か。

「いいな」

これは、愛田日出義の声だ。

「吸え」

カワウソの唇に、ストローのようなものがあてがわれた。何だ、これは。あからさまにあやしい。もっとも、この状態だ。変なものを飲ませるつもりなら、とうにやっているのではないか。

カワウソは思いきってストローをくわえ、吸いこんだ。

これは――ゼリー、だろうか。

「……っ……」

おそらく、ゼリータイプの栄養補助食品だ。甘くて、少し酸味がある。

めちゃくちゃうまい。

カワウソはゼリーを吸った。強く吸ってもゼリーが出なくなって、変な音がするようになるまで、吸いまくった。

これで終わりか。終わりだ。ものすごく残念に感じているカワウソがいた。かなり喉が渇いていて、空腹でもあったということだ。気絶してから、それなりに時間が経っているのだろう。

　ストローがカワウソの口から離れた。

「ここは――」

　カワウソは首を巡らせてみた。どうせ見えないのだが、何か感じないか。感じない。

「どこだ？」

「勝手に口を開くな」

　頭を小突かれた。拳じゃない。もっと硬い物だ。トンカチか何かだろうか。

「おまえは俺が訊いたことに答えるだけでいい。わかったか？」

　カワウソがうなずいてみせると、愛田は微かに笑った。

「俺が誰だかわかるか？」

「……ああ」

「俺もおまえを知ってるぞ。特定事案対策室。特案の犬だな」

「おれは犬じゃない」

「イエスかノーで答えろ。おまえは特案だな」

「そうだ」

「何年も前に、俺と会ったことがある」

「ああ」

「チラッと見ただけで、気になった。思いだしたのは俺じゃないが」

「あんたじゃなきゃ、誰が――」

また鈍器で頭を殴られた。なかなかいい音がした。でも、愛田(あいだ)はその鈍器を軽く振るっただけだ。本気で殴られたら、頭蓋骨が折れるかもしれない。

「質問は俺がする。わかったか？」

「……わかった」

「特案は今、何をしてる」

「嘘(うそ)を……ついた」

「何？」

「……さっき、おれは、嘘を」

「俺に、嘘を？」

「ああ」

「死にてえのか？」

「ノーだ」

「じゃあ、嘘じゃない、本当のことやらを言え」

「おれは特案だった。辞めたんだ。あんたらに……同僚を、殺されて。心が折れて。ドロップアウトってやつだよ」

「それで、魁英学園(かいえいがくえん)の守衛に、か」

「ああ」

「前歴は用務員だな。中学校の。この前、うちに編入してきた弟切飛が在籍してた学校だ。偶然か？」

「転職は、考えてて。ずっと……」

「俺は、偶然か、と訊いたんだ」

「イエスだ」

「灰崎逸也」

愛田は鈍器でこつこつとカワウソの頭頂部あたりを叩いた。

「拷問みてえなことはな、俺としちゃあ、やりたくはねえ」

「……奇遇だな。おれもされたくない」

「やりたくもねえことをさせられるのが、何より我慢ならねえんだよ、俺は」

愛田が鈍器を振りかぶる。そんな姿が脳裏をよぎって、カワウソは身を硬くした。

来る。

カワウソは頭をかち割られて、浴槽に脳みそがぶちまけられる。

そのためか。だから浴槽なのか。汚してもいいように。掃除しやすいから。

まだか。

腋の下にびっしょりと汗をかいている。

やらないのか。

「おまえがどう思ってるのか知らねえが、俺は野蛮な男じゃねえ」

愛田(あいだ)はカワウソの頭じゃなく、浴槽の縁に鈍器をかつかつと打ちつけた。

「これからおまえに話をしてやる。きっと、おまえが知りたい話だ。聞きたいかどうかはわからねえが」

「……話？」

「あの女の話だよ」

「……あの、女」

「まさか、忘れたのか？　女って言ったら、あいつだろ。おまえを助けにきた女だよ」

「……先輩……」

「あの女のせいで、おまえには逃げられた。おまえのせいで、あの女はくたばっちまったがなぁ」

「……そんっ……な――」

「どうだ？　興味が湧いてきたか？　きれいさっぱり処理してやったし、あの女がどうやって死んだのか、おまえも知らねえはずだ」

「知っ……」

「おっと。答えはイエスかノーだ。あの女の死に様を、おまえは知ってるのか？」

　カワウソが思わず首を左右に振ると、愛田は浴槽の、たぶん外側を鈍器で何度も打った。がんがんがんと、手を叩くように。

「知りたいよな？　イエース？　オア、ノォー？」

「……イ……イエス……」

「だよなぁ？　あの女が地べたに這いつくばって、どんなふうに命乞いしやがったのか。最後の最後に、俺の前でどれだけみっともねえ醜態をさらしたか。おまえは知っておくべきだし、知りたくてたまらねえだろ？」

「し、しないっ、先輩は、そんなことっ……」

「なんでそう言える？　おまえは見てねえだろ？　俺はこの目で見たぜ。あの女の哀願する声を、この耳で聞いた。動画でも撮っときゃよかったなぁ。証拠を残すわけにはいかなかったからよ。でも、撮っとくべきだったな。しくったぜ」

　愛田が何らかの物体を移動させている。椅子だろうか。どうやら、それに座った。

　長い話になる。そういうことか。

「こいつは、もしかしたら、だが……俺がおまえに話すことは、ありのままの事実ってわけじゃあねえかもな。興が乗ってよぉ、俺はいくらか盛って話しちまうかもしれねえ。大袈裟に感じて、そんなのは嘘っぱちだと、おまえは思うかもな？　何せ、見てねえからよ。俺の話をどう受けとろうが、おまえの自由だ。ただし、いずれにせよ——」

カワウソは深呼吸をしようとした。心臓の鼓動は制御できないが、息を吸うのも、吐くのも、自分次第だ。そのはずなのに、どうしてこんなにも呼吸が狭く、荒いのか。

「俺の話を聞いちまったら、忘れるのは難しいかもな？　俺の話は、おまえの頭にこびりついて消えねえだろうよ。おまえがいくら嘘だと思おうとしても、あの女が世にも情けねえ声で、どうか許してください、死にたくないんです、何でもします、何でも、だから、命だけは、頼みますから……って涙を流して頼みこむ姿が、折に触れて、どうしてもちらつくだろうなぁ」

「……や……やめろ。やめてくれ……」

「いいぜ？」

愛田は鈍器で浴槽の縁を強めに叩いた。

「俺も鬼じゃねえ。おまえが洗いざらい吐くなら、あの女の件は俺の胸に鍵をかけてしまっといてやってもいい。ただ、俺の代わりにおまえが話すだけだ。簡単だろ？」

カワウソはついうなずきそうになった。違う。

今のは、そうじゃない。取引に応じようとしたのではなく、簡単だ、という点に同意しようとしただけだ。

たしかに、難しくはない。話すだけでいいのだ。任務のことを、何もかも。問題があるだろうか？

ないわけがない。魁英学園に潜入しているのは、カワウソだけじゃないのだ。サラマンダーとずっきゅんはともかく、パイカこと浅緋萌日花がいる。ヒタキこと弟切飛に至っては、選抜クラスの一員にまでなった。

もっとも、ハイエナは当然、カワウソが敵の手に落ちた可能性を考えているはずだ。どこかの段階で、撤収の判断をするだろう。パイカとヒタキも学園を去る。カワウソのせいで、任務失敗だ。けれども、ハイエナのことだから、パイカとヒタキはちゃんと逃がしてくれる。

どのみちカワウソは終わりだ。助からない。

カワウソが情報を吐かなかったとしても、この任務はおそらくうまくいかないだろう。

話しても、話さなくても、さして変わらないのではないか。

だとしたら、話してもいい。話せば、聞かなくてすむ。先輩の最期を知らずにいられる。

「さあ」

愛田が笑いながら鈍器で浴槽を叩く。

「どうする？」

#3-5_otogiri_tobi/ 痛みの先には何があるの

愛田日出義が外出制限という形で牽制してきた。だからといって、おとなしくしていようとは思わない。むしろ、飛は逆に闘志が湧いてきた。やられっぱなしは気分がよくないし、なんとしても一矢報いたい。

課外時間が迫るC教室のブースで、飛は大いに悩んでいた。

机に置いた外出申請用紙には、氏名の他、外出を希望する日時、その理由・目的を記入する欄があった。本当のことを書くわけにはいかないので、嘘をつくしかない。けれども、簡単に嘘だと見抜かれる嘘はまずい。愛田に難癖をつけられても、言い逃れできるような嘘のほうがいい。

飛はなんとかそれらしい理由をひねりだして書き、A教室へと向かった。

「何て書いたんだ？」

廊下で肩に掛けているバックパックに訊かれた。

「友だちに会うみたいな……」

飛はごにょごにょと答えた。

「友だちって誰だよ」

「まあ……」

「もしかして、お龍か？」

「……かな。想定してるのは。そんな感じ」

「だったら一応、お龍に言っといたほうがいいんじゃねえの。それこそ、これこれこういう理由で、みたいによ」

「言っておく……」

「だろ。やっぱそこは、一言断っておかねえと、何だ？　あるだろ。いわゆる、親しき仲にも礼儀ありみたいな」

「それは……うん。ていうか、そのつもりだし。もちろん。あとで……」

Ａ教室に勢ぞろいした選抜生たちを前に、愛田が本日の終業と解散を告げた。愛田が教卓を離れるより早く、飛は申請用紙を握り締めて席を立った。

「何だ、オトギリ」

「これ」

飛は申請用紙を教卓に置いた。ほとんど叩きつけるような置き方になってしまった。

愛田は申請用紙を一瞥しただけで、手に取ろうとしない。腕組みをして、飛を睨んだ。

悪い予感がした。

「おまえの申請用紙には不備がある」

「ちゃんと書いたけど」

「いいや。俺が不備があると言ったら、不備はあるんだ。いいかげん学べ」

「でも、不備って……どこに」

「友人」

愛田(あいだ)は申請用紙の理由・目的の欄を指さした。

「友人に会うため、と書いてあるな」

「そうだけど」

「その友人ってのは、どこのどいつだ」

「……そこまで書かなきゃいけないの？」

「当然、おまえはそこまで書かなきゃいけない」

愛田は毒蛇みたいに舌舐(したな)めずりをした。

「友人なんて抽象的な概念で、大の大人が納得するとでも思ったか？　浅はかにも程があるんだよ、頭の悪い糞餓鬼め」

かっとなってしまったら愛田の思(おも)う壺(つぼ)だ。飛(とび)は一度、ゆっくりと呼吸をしてから、教卓の上の申請用紙に手をのばした。

ところが、つまんだ申請用紙が動かない。愛田が申請用紙を人差し指で教卓に押さえつけているせいだ。

「……放せよ」

「放してください、の間違いじゃねえのか、洟垂れ小僧」

「いやだ」

とっさに口を突いて出た。

愛田は額に青筋を立てて笑った。

「何だと?」

「……放してください。愛田、先生」

「しょうがねえな」

愛田がやっと人差し指を浮かせたので、飛は申請用紙を引っぱろうとした。途端に愛田は、人差し指じゃなく、今度は掌で申請用紙を押さえた。

「……放せって……言って——お願いしてるんだけど。愛田。先生」

飛はあえて愛田の顔を見ないようにした。絶対、とんでもなくいやらしい、不快な表情をしているに決まっている。そんなものを見てしまったら、きっと腹立ちが限界を超えて爆発する。

「おまえみたいに反抗的なションベン臭い餓鬼にお願いされるのは、嫌いじゃねえ」

愛田は笑いながら申請用紙から掌を離した。また同じことをやりそうだ。飛は警戒して、素早く申請用紙をかっさらった。

席に戻って、理由・目的の欄をいったん消しゴムで消し、書き直した。

　友人の白玉龍子（しらたまりゅうこ）に会うため

申請用紙を再提出すると、愛田（あいだ）は潰れた菱形（ひしがた）の目を細めてわざとらしく口笛を吹いた。

「いいだろう。午後四時から午後八時までの外出を許可する。俺は受け持ちの生徒を信用するタイプだし、わざわざ見張ったりはしねえが、カードを使用した時刻は秒単位で記録される。カメラの映像もしっかり残るからな」

「わかった」

「わかってたら、そんな言い方はしねえはずだが？」

「わかりました」

「よくできました」

愛田は拍手してみせた。手を打つ間隔がやたらと長い。嫌みたらしい拍手だった。

＋＋＋＋　＋　＋＋＋＋

飛（とび）は部屋で黒いジャージに着替えると、バクを引っ担いで東棟をあとにした。

正門までの道すがら、スマホで龍子に電話をかけた。龍子は三回目の呼び出し音が終わる前に出た。

『もしもし？　飛？』

「うん。もしもし……ええと、龍子？」

『そうです。え？　飛……？』

「や、だから……そうだけど」

『です、よね。声が、飛だし。番号も、飛だし。というか、名前が表示されるのですが』

「僕も同じだけど」

『わたしの名前が？』

「……それは、そうでしょ。他の人の名前なわけないし。だって、龍子だし」

『そうですよね。そうなんですけど……え？　どうしたんですか？』

「無駄な話してんなァ、おまえら……」

飛に担がれているバックパックが何か言っている。飛は聞こえないふりをした。

「じつは、ちょっと事情があって、これから学校の外に出なきゃいけないんだけど」

『……はい？　外に……？』

「あぁ、あの、何だろ、だから、用があって」

『つまり……お仕事の？』

「そう。それ」

『それで、なぜわたしに電話を?』

「説明するとややこしいんだけど、勝手に出られないっていうか。許可を得ないと外出できなくて。何時から何時まで、何をするとか、申請用紙に書いたりして」

『ようするに……その用紙に、わたしのことを?』

「そう……なんだよね。ごめん。勝手に名前を使っちゃって」

『とんでもないです』

龍子は今、頭を左右に振って、お団子からのびる髪が揺れたはずだ。

『わたし、飛の役に立ったということですよね?』

「それはもう。他に名前を書けるような人なんて、僕にはいないし」

『わたしだけ?』

「うん」

龍子は電話の向こうでちょっとだけ笑ったみたいだ。

『本当に会えるわけじゃないのは、残念ですけど』

「……あぁ。うん。それは……」

『冗談です』

龍子はすぐに言い直した。

『冗談というわけでも、ないんですけど。会えないのは、やっぱり残念です』

飛は何も返せなかった。飛としては龍子をあてにしたのだが、体よく利用したと見てとれなくもない。

『次は――』

「あ……え、次……？」

『会えますか？　次に、機会があったら』

「もちろん」

飛は気がついたら即答していた。

「でも……そっか、うん、今の仕事が一段落ついたら」

『楽しみにしています』

電話よりは、顔を合わせて話すほうがいい。この任務が何らかの形で片づいたら、飛も龍子に会いたい。それは素直にそう思う。一方で、何かおかしい、と感じるのはなぜだろう。何がおかしいのか。

「……そういえば、龍子、どこにいるの？」

『家ですよ？』

どうしてそんなことを訊くのか、というような答え方だった。違和感を覚えた。

はっきりと、龍子らしくない、とまでは言えない。でも、何かちょっと引っかかる。

『飛はこれからお仕事なんですね』

「……うん」

一瞬、思った。灰崎のことを話すべきだろうか。

灰崎の消息は依然として不明だ。これから捜索に取りかかる。飛は関わらなくていいとハイエナに言われたが、とてもじっとしてはいられない。萌日花は捜索に加わるという。飛も力になりたい。

そんなことを龍子に話すわけにはいかない。あたりまえだ。

『がんばってください。わたし、陰ながら応援しているので』

飛は礼を言って電話を切った。飛にひっついて聞き耳を立てていたバクがぼやいた。

「お龍、オレのことは一言も言わなかったなァ。薄情なヤツだぜ」

飛が覚えた違和感の正体はそれだろうか。そうかもしれない。違うような気もする。

「……薄情ってことはないだろ」

「そうムッとするなよ。単なる言葉の綾じゃねえか」

飛は正門から魁英学園を出てバスに乗り、鹿奔宜駅に向かった。駅直結の商業ビルのトイレに入り、個室にこもって待っていると、間もなくハイエナからテキストメッセージが届いた。

尾行、監視なし。B地点で合流。

合流地点Ｂは駅前商店街の小道だ。シャッターが閉まっている飲食店の前に銀色のワンボックスカーが停まっていた。後部座席に乗りこむと、パイカこと萌日花とハイエナが乗っていた。ハイエナはいつものごとく喪服みたいな黒いスーツ姿で、萌日花はＴＨＡＺＥＮとプリントされているＴシャツの上にアウターを羽織っていた。萌日花は三列目席に座って、膝の上に置いたノートパソコンで何かしている。ヘッドホンをかけ、集中しているのだろう。飛には見向きもしない。二列目席の奥のほうに腰かけているハイエナは、眉を少し動かして「よう」とだけ言った。飛はハイエナの隣に座った。

運転手のワラビーがワンボックスカーを発進させた。

「どうやって捜すの？」

飛が訊くと、ハイエナは髭面をさわってわずかに首を傾けた。

「俺たちだけでカワウソを見つけるのは、正直、難しい。警察を動かすこともできなくはないが、大事になるしな」

「つーことは――」

バクがファスナーを開いて大声を出した。

「オルバーか!?」

「そういうことだ」

ハイエナは手に持っている黒い帽子をくるっと回した。

「カワウソのオルバーは、わりと主から離れていられる人外だが、そうはいっても限度ってものがある。二、三百メートルってところだな」

飛はうなずいた。

「オルバーが見つかれば、近くに必ず灰崎さんがいる――」

「ン？」

バクが体をひねった。

「でも、オルバーを捜すのも灰崎のヤローを捜すのも、結局、変わらなくねえか？　どっちにしてもたやすくはねえだろ？」

ハイエナは顎をしゃくって三列目席を示した。

「そこはパイカの力を借りることになる」

ワンボックスカーは鹿奔宜市の繁華街、豊楽町の外れで停まった。すぐそばにコインパーキングがある。灰崎の車は、今もその駐車場に駐められたままらしい。

萌日花がヘッドホンを外して首にかけ、ノートパソコンを畳んだ。

「……じゃ、やりますか」

何もかもあきらめきっているかのような声音だった。萌日花の表情はどこまでも暗い。黴が生えそうなくらい、どんよりしている。やる気は微塵も感じられない。

飛がバクを担いでワンボックスカーを出ると、ハイエナ、萌日花が続いた。

　三人は人通りのない道を少し歩いて、とある雑居ビルの前で立ち止まった。ビルの名前は、ウービーパレス。そんなに大きくはない。わりと年季が入っている細長いビルだ。一階はガラス張りの飲食店で、中が見える。客はいない。まだ営業前なのだ。看板には、パブ・サバイバル・リパブリック、と書かれている。

「愛田（あいだ）はこの店に入った」

　ハイエナはその場を離れ、十メートルほど先の路地の手前で飛たちを振り返った。

「最後に確認できたカワウソの位置情報が、おおよそこのあたりだ。どうやら、ここから愛田を見張ってたらしい」

　萌日花がその路地に向かった。飛もついていった。

　実際に試してみると、路地に入って少し顔を出しただけで、愛田がいたという店をだいたい見渡せる。

「……よし」

　萌日花が自分の両頰（りょうほお）をぴしゃりと平手打ちした。途端に目つきが鋭くなった。

「何しやがるつもりだ……？」

　飛はバクを軽く手で押さえて黙らせた。ハイエナは帽子を目深（まぶか）に被（かぶ）って、じっと萌日花を見すえている。とりあえず、静かに見守っていたほうがよさそうだ。

　萌日花は胸の前で両手を組み合わせた。祈りでも捧（ささ）げているかのようなポーズだ。

でも、それにしては顔つきが物騒すぎる。

「……くそ。だめ。くそ。マジ、くそ。くそ。くそ。くそ。くそ。くそ。くそがぁ……」

小声で何か罵っているし。

萌日花は首を左右に振った。歯を食いしばる。息を吐いて、吸った。肩が上下している。なんだか苦しそうだ。

「大丈夫なのかよ……」

バクが呟いた。そんなこと、飛にわかるわけがない。

「さあ……」

ちらっとハイエナの様子をうかがってみた。ハイエナは萌日花を見ていない。腰に手を当てて、周りに視線を巡らせている。

萌日花は目をつぶり、頭の両側を掌の下の部分で押さえた。ただ押さえるだけじゃなくて、ぐりぐりと押している。息遣いは荒い。顔中に汗が滲んでいる。

「……うがぁ、んぁ、んがぁ、んん、あぁ、うぁあ、ぐうぅ、あぁあ、んんん……」

ついにはおかしな声を発しはじめた。

「明らかにやべえだろッ!?」

バクが身をよじった。萌日花が何をしているのか、さっぱりわからないが、止めたほうがいいんじゃないか。飛もそう思い、萌日花の肩に手を置こうとした。

ZAZEA

「萌日花っ――」

「邪魔しないで！」

萌日花は飛の手を振り払った。

「や、でも……」

「いっつっ――」

萌日花は左右の手で顔を覆った。背中が震えている。痛い。痛いのか。どこが痛むのだろう。目か。目らしい。萌日花は両手の指で自分の眼球を抉り出そうとしている。

「あぁ、くそ、痛っ……痛いなぁ、もう、痛い、痛い、痛い、痛い、いたたたた……」

また制止しようとしたところで、萌日花は聞き容れないだろう。飛はハイエナに食ってかかった。

「ハイエナ！　萌日花に何をやらせてる!?」

「辿ってるんだ。おそらくだが。萌日花は――」

ハイエナの顔は歪んでいる。少なくとも平気ではないみたいだ。

「パイカは、近くにいる人外の存在を感じとれるだけじゃない。集中すれば、人外の感覚を、借りられる。らしい、としか俺には言えんがな。それがどんな感じかってのは、パイカにしかわからん。パイカも口で説明するのは難しいみたいだ」

「――んあぁっ……」

萌日花がしゃがみこんだ。ハイエナは萌日花に向かって足を踏みだそうとしたが、思いとどまったようだ。

萌日花は瞼の上から両目をごしごしこすっている。涙だ。

涙を流している。

もしかして、痛くて泣いているのか。

「萌日花？」

ハイエナが声をかけると、萌日花はしゃくり上げながら激しく頭を振った。

「……まだやれる！　最後までやるから！　放っといて！」

「わかった」

「あとで蹴ってもいい⁉」

「なんでだよ……」

ハイエナはため息をついた。

「いくらでも蹴っていい。それでおまえの気がすむなら、好きにしろ」

「そういう問題じゃないんだって！　わかんないかな⁉　馬鹿！」

萌日花が言っていることは支離滅裂だ。それくらい追いこまれているのだろう。さもないと、あんなふうに瞼を爪で引っ掻いたりしない。飛は思わず目を逸らした。爪が皮膚を破って、血が出ている。

「……あぁ、痛い、痛いよ、もうやだ、最悪、冗談じゃない……痛いって、もう、痛い、痛い、痛い痛い痛い、何なの、痛い、痛い痛い痛い痛い痛い痛い痛い痛い痛い痛い痛い痛い痛い痛い痛い痛い痛い痛い痛いぃぃぃぃ……」

つらくて、萌日花を見ることができない。声を聞いているだけで苦しくてたまらない。ハイエナはどういう心境でいるのか。さっきまで顔を歪めていたが、今は無表情だ。けれども、ひどく血色が悪い。死人みたいだ。

「——……いた！」

萌日花が叫んだ。

間髪を容れずハイエナが萌日花に駆けよって、スマホを差しだした。萌日花の顔は涙や血でぐちゃぐちゃになっている。かまわず、萌日花はスマホの上で指を動かした。

「ここ！　鹿奔宜ヒルズ……！」

「よくやった！」

ハイエナはスマホをジャケットのポケットに突っこむと、萌日花を横抱きにした。

「やっ、隊長、ちょっ——」

萌日花は暴れようとした。けれども、抵抗する力が残っていなかったのかもしれない。ハイエナは萌日花を抱きかかえたまま、ワンボックスカーの後部座席に乗りこんだ。鹿奔宜ヒルズとやらに行くらしい。飛とバクも車に乗った。車が走りだした。

+++ + ++++

萌日花は車内でもハイエナに抱えられたままだった。傷だらけの瞼（まぶた）を閉じて、ぐったりしている。気を失っているのか、眠っているのか。

「……『いた』って言ってたけど。何がいたの？」

飛が尋ねても、萌日花は反応しない。やはり意識がないようだ。

「オルバーだ」

代わりにハイエナが答えた。

「ある人外の目で別の人外を見つけて、その人外の目でまた別の人外を見つける。人外から人外を伝って、とうとうパイカは鹿奔宜ヒルズ近辺にいるオルバーに辿（たど）りついた」

「そんなことができるのかよ。すげえな」

バクが感心してみせると、ハイエナは少しだけ頬（ほお）をゆるめた。

「俺もパイカのようなケースは他に知らない。稀少（きしょう）だし、使い方次第ではきわめて有用な力だが、このとおり反動がでかくてな。あまり無理はさせられん。目を借りる相手によっては、害がないとも限らない。そのあたりはむろん、パイカも心得てる。オルバーの場合、見知った人外だから、なんとかなるだろうって目算はあった。図に当たったな」

鹿奔宜ヒルズという、どこかで聞いた覚えのあるような名の建物までは、車で数分の距離だった。

豊楽町の北はいくらか小高くなっていて、代々森という閑静な高級住宅街が広がっている。その入口らへんに建ち並ぶマンションの中で、一際大きいのが鹿奔宜ヒルズだ。一帯には飲食店や商店がたくさんあって、鹿奔宜ヒルズの一階と二階も商業施設になっている。三階から二十階までがマンションだ。裏手にマンションのエントランスがあって、居住者はそこから出入りする。地下の駐車場は居住者専用のようだ。

ワラビーは鹿奔宜ヒルズから百五十メートルほど行きすぎた路側帯で、ワンボックスカーを停車させた。その瞬間、ハイエナの腕の中で萌日花がむくっと首をもたげた。

「着いた?」

「ああ」

ハイエナが短く応じた。萌日花は器用に体をねじってハイエナの腕から抜けだし、三列目席に置いてあった荷物の中からタオルを取った。そのタオルで、傷だらけの顔をごしごし拭いている。なかなか容赦ない拭き方だ。飛はつい眉をひそめてしまった。

「……痛くないの?」

「痛い」

「萌日花は休んでたほうが」

「余計なお世話」

萌日花はタオルを座席に放った。瞼や頬、額の爪痕が生々しいし、まだ血が止まりきっていない。そのわりに、飛は痛々しい感じを受けなかった。

「戦士の面構えだな」

ハイエナが振り向いてにやりと笑った。

「ヒタキの言うとおり、休んでていいんだぞ」

「動けるし」

萌日花は即座に言い返した。

「休む必要なんてない。あとで蹴ってもいいんだよね？」

「生きてるのかよ、それ……」

「隊長を蹴っ飛ばすくらいしないと、気がすまない」

「まあせいぜい、お手柔らかにな」

「やだ。思いっきり飛び蹴りしたい」

「……あとでだぞ。ぎっくり腰にでもなったらたまらん」

飛たちは車を降りて、徒歩で鹿奔宜ヒルズ方面へと向かった。

歩道の右手は緑豊かな公園の生け垣で、左手の車道を渡った先にはこぎれいな店が並んでいる。公園の先が鹿奔宜ヒルズだ。

萌日花はずいぶん背中が丸まっていて、足を引きずるようして歩いている。ハイエナが萌日花のすぐ斜め後ろを歩いているのは、もし彼女が倒れそうになったら支えるつもりなのだろう。

「よくやるぜ……」

バクがため息をつくようにファスナーを開いた。飛も不思議に思う。なぜ萌日花はあそこまでがんばるのだろう。

萌日花がふらついて、とっさにハイエナが彼女の腕を掴んだ。萌日花はハイエナの手を振りほどいた。

「平気。これくらい。……もう一回、探ってみる」

「またやるってのか？」

「オルバーはそばにいる。さっきほどきつくない」

「だめだ。許可できん」

「私、感じたの。オルバーは怯えてた。早く見つけてあげたい」

「あのな、萌日花……」

ハイエナが帽子を軽く手で押さえると、その背中から何かが飛び立った。

蜂だ。スズメバチにしても大きい。それに、真っ黒だ。ハイエナの背中だけじゃなくて、他の場所にも潜んでいたのか。何匹もいる。車にもくっついていたのかもしれない。

言うまでもなく、本物の蜂じゃない。ハイエナの人外だ。ニセバチたちが鈍い翅音を立てて、主の頭上を飛び回っている。

「少しは俺にも仕事をさせろ。狭い範囲の偵察とか捜索なら、こいつらの得意分野だ」

「……ごめん、隊長」

萌日花はうなだれた。

「私は冷静じゃなかった」

「そんなこともあるさ」

ハイエナが右手を持ち上げて合図すると、ニセバチたちが四方八方に散った。ハイエナは萌日花に尋ねた。

「目星はついてるか？」

「オルバーは警戒して、一箇所にとどまってない。移動してる。プレートか何かの鹿奔宜ヒルズっていう文字が一瞬見えたから、この付近っていうのは間違いないけど」

「フム……」

バクが身をよじった。何らかの身振りをしているつもりらしい。飛が思うに、人間でいったら顎をつまむような。

「意外と呼んだら出てきたりするんじゃね？　オレらが味方だってことは当然、わかってるわけだしよォ」

バックパックの言うことにも一理ある。飛は息を吸いこんで、大声を出そうとした。

「オォイッ！」

バクに止められた。

「飛ッ、おまえが叫んだら人間たちがびっくりして、騒ぎになっちまいかねねえぞッ」

「……あ。そっか」

「ここはオレの出番だ！　オレの声なら、人外か、おまえらみたいな人外視者にしか聞こえねえわけだからな！」

「バクって、ときどき飛より賢いよね」

萌日花が微苦笑を浮かべた。馬鹿にされているのか。それとも、褒められているのか。

「違うな！　オレは常に飛より賢いんだぜ！」

バクは調子に乗ってファスナーを大きく開き、声を張り上げた。

「オオオオオォォォォォォーイ……！　オルバァァァァーッ！　迎えにきたぞ、オレらはここだ！　出てこォォォーい……ッッッ！」

飛は耳をふさいだ。

「……声、でかっ」

「ウオオオォォォォーイィィィイ！　オオォォォールヴァアアァァァーッ……！」

「ヴァーって……」

発音の仕方が少々違うような。

「おっ――」

ハイエナが目をすがめた。

公園の生け垣が揺れ動いて、そこから細長い獣が飛びだしてきた。

いいや、獣なんかじゃない。

飛は中腰になって右手を差しのべた。イタチのように細長いオルバーは、飛の右腕を駆け上がって首を回りこみ、左肩の上にちょこんと座った。

「へへッ。オレの声がしっかり届いたみてえだな、オルバー！」

バクに答えて、オルバーが、きゅっ、という感じの小さな声を出した。

飛は胸を撫で下ろした。萌日花が、見つけた、と言っていたし、オルバーは無事なのだろうと思ってはいた。実際、こうやって再会できた。本当によかった。

ハイエナが帽子を目深に被り直した。

「……何だかんだで、妙にしぶといやつだ」

口許が微笑んでいる。ハイエナもだいぶ灰崎のことを心配していたのだろう。

「ふう……」

萌日花は地べたにぺたんと座りこんでしまった。オルバーをちゃんと発見できて、気が抜けたのかもしれない。

飛はオルバーの顎の下を指でそっと撫でた。オルバーが飛の指に体をこすりつけてくる。甘えているようだ。主と離ればなれで、さぞかし不安だったに違いない。

何にせよ、今のところ、オルバーの主は生きている。

飛は公園の先にそびえ立つ二十階建ての鹿奔宜ヒルズを見やった。この鹿奔宜市の中では飛び抜けて高い。堂々とした建物だ。

オルバーがぐっと首を伸ばして鹿奔宜ヒルズに視線を向けている。

ひょっとして、灰崎はあの中にいるのか。鹿奔宜ヒルズは丈が高いだけじゃなく、幅も、奥行きもある。かなり広いし、様々な店や、病院なども入っている。マンションの部屋数はそうとうなものだろう。

「今すぐ突入するってわけには、さすがにな」

ハイエナも硝子の壁のような鹿奔宜ヒルズの上階を振り仰いでいた。

「何か手を考えるか――」

#3-6_shiratama_ryuko/ わたしの食べ方

テーブルの端に伏せて置いてあるスマホが振動しはじめた。

龍子は膝を折って床に座っていた。龍子の腿を枕にして、彼女が横になっている。

このリビングは相変わらず、紙切れ、雑誌、衣類、食器といった物で散らかり放題だ。かぐわしいとはとても言えない、汚れに汚れた部屋を、黒い翅、青い帯模様の美しい人外蝶たちが、ゆったりと飛び回っている。

彼女の閉ざされている瞼がぴくりと震えた。

「大丈夫ですよ」

龍子は彼女に声をかけて、テーブルの上のスマホを手に取った。ディスプレイの表示を確認してから、通話に応じた。

「もしもし？　飛？」

『うん。もしもし……ええと、龍子？』

「そうです」

ふと龍子は思った。

なぜわたしは驚いていないんだろう。

弟切飛が電話してきた。たぶん、驚いたほうが自然だ。だって、飛が電話を。そうだ。

「え？」

きっと龍子は驚くべきなのだ。多少なりとも。いくらかは、驚いてみせないと。

「飛……？」

『や、だから……そうだけど』

「です、よね」

どうして飛が電話を？

人外蝶たちが飛んでいる。龍子には近づいてこない。龍子は彼女の黒いまっすぐな髪の毛を指で梳く。彼女に止まっている人外蝶は一羽もいない。

龍子の右肩の上にはチヌラーシャがいる。チヌは口を開けている。そこから龍子が顔を出している。

「――声が、飛だし。番号も、飛だし。というか、名前が表示されるのですが」

『僕も同じだけど』

「わたしの名前が？」

『……それは、そうでしょ。他の人の名前なわけないし。だって、龍子だし』

「そうですよね」

龍子はうなずいた。飛はあたりまえのことを言っている。

「そうなんですけど……」

飛が電話をしてきた。似たようなことが前にもあった気がする。

本当にあったのだろうか。

あった、はずだ。

「え？　どうしたんですか？」

『じつは、ちょっと事情があって、これから学校の外に出なきゃいけないんだけど』

「……はい？」

飛は何を言っているのだろう。事情。学校。

「外に……？」

『あぁ、あの、何だろ、だから、用があって』

「つまり……」

何かどうもぼんやりしている。龍子はどうしてここにいるのだろう。ここで何をしていたのだったか。なぜ龍子は彼女を膝枕しているのだろう。

人外蝶たちが舞い踊っている。違う。踊ってなんかいない。

十羽足らずの人外蝶たちは、ときどき龍子めがけて急降下しようとする。でも、途中でやめてしまい、慌てたように上昇して、また天井近くの高いところをくるくると飛ぶ。そして、しばらくするとふたたび龍子への接近を試みるものの、結局は断念する。

「お仕事の？」

『そう。それ』

「それで、なぜわたしに電話を？」

『説明するとややこしいんだけど、勝手に出られないっていうか。許可を得ないと外出できなくて。何時から何時まで、何をするとか、申請用紙に書いたりして』

「ようするに……」

龍子は一つ息をついた。だんだんと事情がのみこめてきた。

「その用紙に、わたしのことを？」

『そう……なんだよね。ごめん。勝手に名前を使っちゃって』

「とんでもないです」

飛は転校した。龍子を置いていった。しょうがないことだ。龍子は祖父母に言えなかった。じつは、こみ入った事情があって自分は普通じゃない。それで、転校したい。そんなこと、話せるわけがない。行きたかったけれど。

本音を言えば、飛や萌日花と一緒に行きたかった。

何より、自分だけ取り残されるのがいやだった。

でも、飛は龍子のことを忘れてはいない。こうやって連絡してきてくれる。離れていても、飛のためにできることが、龍子にもないわけじゃない。

「わたし、飛の役に立ったということですよね？」

『それはもう。他に名前を書けるような人なんて、僕にはいないいし』

「わたしだけ？」

『うん』

龍子は思わず目尻を下げた。それだけじゃない。顔中が緩んだ。

「本当に会えるわけじゃないのは、残念ですけど」

『……あぁ。うん。それは……』

「冗談です」

龍子は自分からそう言っておいて、首を振った。

「冗談というわけでも、ないんですけど。会えないのは、やっぱり残念です」

飛は黙っている。気になった。飛はどうなのだろう。

「次は」

『あ……え、次……？』

「会えますか？　次に、機会があったら」

『もちろん。――でも……そっか、うん、今の仕事が一段落ついたら』

「楽しみにしています」

飛も同じだ。会いたいと思ってくれている。

龍子は夢見心地だった。本当に、夢でも見ているようかのようだ。ふわふわしていて、どこか現実感がない。

現実なのに。これは現実だと思う。現実のはずだ。

『……そういえば、龍子、どこにいるの？』

「家ですよ？」

どうして飛はそんなことを訊くのだろう。家だ。外じゃない。龍子は家の中にいる。

自分の家じゃないけれど。

龍子は柊伊都葉の骨張っている肩をそっと掴んだ。

「飛はこれからお仕事なんですね」

『……うん』

「がんばってください。わたし、陰ながら応援しているので」

『ありがとう。じゃ、僕、そろそろ……』

「はい」

飛が通話を終了させた。龍子はスマホをテーブルの端に置いた。

いつの間にか、伊都葉が薄目を開けていた。

「……白玉……さん……」

「ええ」

「……私……」

「何ですか。柊さん」

「……私は……」

「わかっています。雫谷さんに会いたいんですね」

「……ルカナ……」

「雫谷さんに、許して欲しい」

「……私……あぁ……」

「いっそ、食べてもらいたい」

「……ルカナ……に……」

「好きなんですね。雫谷さんのことが」

「……ルカナ……」

伊都葉の瞳に涙が滲む。龍子は伊都葉の頭を撫でてやる。

「大丈夫。大丈夫だから――」

「……だいじょ……ぶ……」

「ええ。そうです。柊さん。伊都葉さん。――イトハ」

「……白玉……さん……」

「どうか、龍子と呼んでください」

「……龍子……さん……」

「目をつぶって」

龍子が命じると、イトハはすんなりと瞼を閉じた。小さな涙の雫が伊都葉の頬を流れ落ちていった。

龍子は右手を持ち上げた。リビングの高いところを飛び回っている、十羽に満たない、正確には八羽の人外蝶が、一斉にうろたえて右往左往しはじめた。

龍子は人外蝶たちに向かって笑みを浮かべてみせた。

「大丈夫です」

やがて一羽の人外蝶が、いかにもおそるおそるという感じではあるものの、龍子の右手に舞い降りてきた。

龍子はその人外蝶を右手の甲に止まらせた。人外蝶が翅をゆっくりと開いたり閉じたりしているのを、龍子はしばらくの間、ただ眺めていた。

それから、人外蝶が止まってる右手を右肩のほうへ近づけた。

チヌがさらに口を開け、そこからせり出している龍子の顔も口を開けた。

耳を澄ませば、人外蝶の、すなわちイトハの声が、龍子には聞こえる。その声を、チヌの口からせり出している龍子が、口を開けて吸いこんでいる。イトハの声が早回しのように聞こえるのはそのせいだ。龍子が吸いとっているからだ。

人外蝶が色を失ってゆく。青い模様のある黒い裏翅が色褪せる。人外蝶は翅を畳んでいるわけじゃない。翅がしわしわになって縮んでゆく。萎びた翅が人外蝶を包んでゆく。人外蝶は何か別の物になろうとしている。蝶は蛹が羽化して成虫になる。その逆だ。人外蝶は蛹のような状態になりつつある。龍子の右手の甲の上で、もう蛹と化している。

龍子は身じろぎもしない蛹を左手の指でつまむと、それをイトハの頭髪の中に埋めこんだ。蛹はそのうち成長してまた飛ぶようになるだろう。そうしたら、龍子は人外蝶から声を聞くだろう。イトハの声を食べるだろう。

イトハは寝息を立てている。静かに眠っている。

「いい子――」

龍子は彼女の頭を撫でてやる。

ふと思う。

この子の声を聞き、食べているだけで、龍子はいつまで満足できるだろう。

#3-7_otogiri_tobi/ 新たな道へと歩いてゆけ

ハイエナ率いるクチナシは手をこまねいていたわけじゃない。カワウソこと灰崎逸也を捜索しながら、選抜クラスの謎を解き明かす従来の任務も継続していた。でも、鹿奔宜ヒルズの近くでオルバーを発見したことを除いて、明確な進展があったとは言いがたい。

事態が動くとしたら、今日、金曜日だ。

放課後が間近に迫るC教室で、由比唯虎がブースの席を立った。

飛は唯虎の行く手に立ちふさがり、唯虎に声をかけた。

「どうしても、やるつもり？」

唯虎は微笑して飛の肩を軽く叩いただけで、何も言わなかった。止めても無駄のようだ。

唯虎はほとんど音もなく飛の脇を通り抜けてゆき、辰神令が座っているブースの手前で足を止めた。

「辰神。いいかげん心の準備はできてるだろ」

「心の準備だと？」

辰神は机の上のディスプレイを眺めながら、片方の眉だけ吊り上げた。

「この俺が、いったい何のために準備せねばならんというのだ」

「俺はこれまで、何回も戦抜投票でおまえの名前を書いてきたし、今回も書く。負けるのが怖いのかもしれないけど、もう逃げるなよ」

「安い挑発だな、由比唯虎」

「わかるよ、辰神。人外は人外を食えば食うほど強くなる。おまえはロードにもっと食わせたいんだ。さもないと、俺のセラに勝てないかもしれない。おまえの本質は、慎重っていうより、臆病者だ。大胆不敵を装ってるだけで気が弱い。強がってるんだよな」

「ほざいていろ」

辰神はあくまでも唯虎に視線を向けようとしない。けれども、辰神の脇に控えている三本角のロードは違う。ロードは爬虫類的な双眼をぎらつかせて唯虎を睨み、牙をがちがちと噛み鳴らしている。

唯虎はロードの眼差しを平然と受け止めた。セラが唯虎の背後から静かにロードを狙っている。

「女子は団結してる。日向も弟切も、辰神、おまえの名は書かない。もうロードに餌を与える機会はないぞ。あきらめて、おれの挑戦を受けるんだな」

辰神は無言を貫いた。どうなるのか。辰神はどうするつもりだろう。今の時点ではわからない。

「弟切弟切弟切ぃー」

C教室を出てA教室に向かう途中、廊下でましゃっとがすり寄ってきた。

「どうする？　投票？　今回は俺、あえてトラちゃんの名前書こうかなって。もしあれだったら、弟切は俺の名前書いちゃってもいいよ。俺、弟切の名前だけは書かないから。マジでマジでマジで。嘘じゃなくて。本当だから！」

飛は無視した。ましゃっとを信用してもいいことはない。ましゃっとの話を耳に入れるだけでも、何らかの害がありそうだ。

「……辰神がどう出るか、だな」

バクが呟いた。読み切れないけれど、何かが起こる。そんな気がする。

その後、A教室で戦抜投票が行われた。戦抜の参加者は、犬飼茉知、飛、酒池ほまり、辰神令、音津美呼、日向匡兎、蛇淵愁架、由比唯虎の八名。副担任の木堀が投票用紙を回収し、愛田がそれらを一枚一枚確認してパソコンに入力した。

「──では、戦抜投票の結果を発表する」

一瞬、真っ暗になり、スクリーンに投票結果が投影された。教室がどよめいた。

犬飼茉知　↓　音津美呼
弟切飛　↓　由比唯虎
酒池ほまり　↓　蛇淵愁架

辰神令　　↓　由比唯虎
音津美呼　↓　酒池ほまり
日向匡兎　↓　弟切飛
蛇淵愁架　↓　辰神令
由比唯虎　↓　辰神令

＋＋＋　＋　＋＋＋

飛とバクは体育館二階のランニングコースから一階のバスケットコートを見下ろしていた。センターラインを挟んで、辰神令とロード、そして、由比唯虎とセラが向かいあっている。タブレット端末を持った木堀の立ち位置はサイドライン付近だ。愛田はセンターサークルとセンターラインが交わる場所に立っている。

宇代轟堅、柏原総午、吉居未来、尾賀申、津堂亥の喪失組は一応、二階にはいるものの、好き勝手に過ごしている。教室にいるときと大差ないどころか、まるで変わらない。

女子は、ほまりんと犬飼茉知、音津美呼の三人が固まっていて、蛇淵愁架だけは少し離れたところにいる。彼女の人外は、さながら漆黒の大蛇だ。たしかアダとかいう名で、主の体に絡みついている。頭が二つなければ、本物の蛇と見紛うばかりだ。

女子は戦抜を回避するために協定を結んでいて、戦抜投票で誰ともかち合わないように名前を書く工夫をしていた。そのはずだったのに、蛇淵はどういうわけか今回の投票で辰神の名を書いた。どうも、それで女子たちの中に亀裂が生じ、三対一のような形になっているらしい。波乱といえば波乱だが、これから行われる戦抜のほうがもちろん重大だ。

「さて――」

愛田がトランプのようなカードの束をシャッフルしはじめた。

「戦抜の報奨を決めるとしよう。辰神、由比。どっちが選ぶ？」

唯虎が、どうぞ、というふうに片手を辰神に差し向けた。辰神がうなずいた。

「ストップ」

愛田はシャッフルをやめて一番上のカードを開いてみせた。カードには赤字で「×2」と書かれていた。

「まあ、そこそこだな」

愛田は×2のカードを床に放った。

「報奨は決定した。この戦抜の勝者は後援金が倍になる。辰神はすでに六倍だから十二倍、由比は二倍だ。――木堀先生」

愛田に呼びかけられて、木堀がタブレットを操作した。体育館の照明が落とされ、巨大なスクリーンが天井から下りてくる。スクリーンに戦抜のルール、戦抜十掟が映しだされ、スピーカーが大太鼓を打ち鳴らすような音を発した。ダダン、ダン、ダダンッ。センターサークルの中心に、10、という表示が投射された。

「いやあ、緊張するねえ」

ましゃっとがくっついてきたので、飛はすっと横移動してよけた。ルーヴィはそのへんを跳ね回っている。ダダン、ダン、ダダンッ。数字が9に変わった。

「テメエ、飛の名を書きやがってッ」

バクが怒鳴りつけると、ましゃっとはウインクしてぺろっと舌を出した。

「なんか面白いかな、と思って」

ダダン、ダン、ダダンッ。センターサークルの数字が8に変わった。

何が面白いものか。ましゃっとの考えていることがよくわからない。ダダン、ダン、ダダンッ。数字が7になった。

「唯虎！」

飛が声をかけると、唯虎は右手を軽く上げてみせた。ダダン、ダン、ダダンッ。数字が6に変わった。

「えらくリラックスしてやがるな……」

バクが言った。辰神も、そして唯虎も、尋常じゃない落ちつきようだ。ダダン、ダン、ダダンッ。数字が5になった。

「トラちゃんさ。ああ見えて、だいぶ食わせてるよ」

ましゃっとがくすくす笑った。目をやると、しゃがんで腕組みをしている。ダダン、ダン、ダダンッ。数字が4に変わった。

「たぶんだけどね。セラはけっこうな大食らいだと思うな」

ダダン、ダン、ダダンッ。数字が3に変わると、辰神（たつがみ）のロードが体を上下させはじめた。対して、唯虎（ただとら）のセラは動かない。

「ロードは、たいしたもの食ってきてないんじゃない？　大物を食ったのは、きっとここに来てから」

ダダン、ダン、ダダンッ。数字が2に変わった。飛（とび）はルーヴィを一瞥（いちべつ）した。ルーヴィは宙返りしまくっている。

「……ましゃっとは？」

ましゃっとは肩を揺らして笑った。

「教えなーい」

ダダン、ダン、ダダンッ。数字はもう1だ。唯虎はだいぶ食わせている。どういう意味だろう。セラは人外を食べたことがある。唯虎が食べさせてきた。もちろん、ましゃっとの推測でしかない。たぶんだけどね、とも言っていた。事実とは限らない。でも、唯虎は自信があるみたいだ。経験がなかったら、あんなに悠然と構えていられるだろうか。

ダダン、ダン、ダダンッ。センターサークル中央に投射されている数字が、とうとう0に変わった。

「戦抜、始めぇ……！」

愛田が怒鳴った。途端にいくつものスポットライトがセンターサークル一帯を照らしだした。

「ロード――」

辰神が号令をかけ、ロードは突進しようとしたのだと思う。唯虎は違った。無言でじっとしていた。

セラがいない。今の今まで、唯虎のやや斜め後ろにいたのに。いなくなった。消えたのは、でも、セラだけじゃない。

ロードの左前脚、腕と呼んでよければ、その左腕が、なくなっていた。

「なっ――」

辰神が振り返った。セラはそこにいた。辰神とロードの、三メートル、いや、四メートルほども後方だ。透きとおっているかのように見える、存在感が薄い豹のごときセラは、口に何かをくわえている。

ロードの左腕だ。まさか、咬みちぎったのか。いつ？　この一瞬で？

セラは首をもたげて天井を仰ぎ、ロードの左腕をまるのみにした。

「……うっお」

ましゃっとが身震いした。

「これ、予想以上かな？　強すぎじゃん、トラちゃんのセラ……」

「ロード！」

辰神が血相を変えてロードの背中を叩いた。ロードはただちに身をひるがえし、逞しい後脚を躍動させてセラに襲いかかった。ロードがセラに肉薄した。飛にはそう見えた。けれども、ロードが振り回した右腕は空を切った。躱したのか。どうやって。いない。セラが。飛はセラを見失った。バクが叫んだ。

「速ェ……！」

いないと思ったセラが、ロードの背後にいる。

目を疑うことはこのことだ。セラはロードの右腕に食らいつき、瞬時に噛み切ってしまった。直後、セラはまた見えなくなっていた。

「馬鹿な……」

辰神が両目を見開いて呆然としている。飛も驚き戸惑っていた。唯虎の性格からして、宣言どおり辰神に戦抜を挑むだろう。辰神は応じるかどうか。いずれにせよ、飛というかクチナシとしては、戦抜が行われる場合を考慮に入れて用意を進める必要があったし、実際そうしていた。勝敗に関わらず、クチナシはやるべきことをやるのだ。

とはいえ、辰神よりは唯虎に勝って欲しい。飛は唯虎の勝利を願っているけれど、正直、楽観視してはいなかった。何しろ、辰神はすでに三勝している。唯虎のセラが辰神のロードを打ち負かせるのか。セラの実力は未知数だし、やってみないことにはわからない、としか言えない。唯虎とセラを信じるしか。

セラは辰神やロードから十メートルばかりも離れた場所をゆったりと歩いている。

「辰神。俺はおまえみたいなやつが大嫌いだ」

唯虎は冷え冷えとした口調で言った。表情らしい表情は浮かべていない。しいて言えば、ほのかに笑っている。

「おまえはわかってるのか。ひとを傷つけることの意味を。わからないだろう？　だから、そんなふうにひとを傷つけることで優越感に浸って、調子に乗っていられる。虫酸が走るよ。おまえも、おまえにそっくりな、おまえの人外も」

「奇遇だな、由比唯虎」

辰神は深呼吸をした。胸を張って、見下ろすように唯虎を見すえる。もう動揺してはいないようだ。少なくとも、平静を装おうとしている。

「俺も貴様が嫌いだ。きれい事をのたまっていい気になっている阿呆は、反吐が出る。俺のロードなら、セラに食わせても心が痛まないか？　人外に食事をさせるたびに、おまえはそうやって自分の行為を正当化してきたのか？」

「忠告してやる、辰神」

「聞くだけ聞いてやってもいい」

「あまり吠えるな。無様だぞ」

「ワンッ!」

辰神はわざと犬の吠え真似をして、ハハハッ、と笑ってみせた。唯虎は肩をすくめた。指示などは一切なかった。セラがいつ動きだしたのかも、飛には見当もつかない。セラがロードの喉頸にかぶりついた。というか、かぶりつくその瞬間は見えなかった。飛が目を向けたときには、セラはロードの喉頸にかぶりつき、押し倒そうとしていた。セラはすぐにそのままロードを押さえこんだ。

「わっ……」

ましゃっとが声を漏らした。呆気ない。決着がつきそうだ。そう思った矢先に、セラがロードから飛び離れた。

起き上がったロードの喉に、三本の角が生えている。頭には角がない。角が移動した、ということか。

セラは五メートルくらい距離をとって、頭を上下に振りながら、うろうろしている。はっきりとはわからないけれど、口の部分が損傷しているらしい。上顎に穴があいているようにも見える。

「……痛そうだな」

バクが顔をしかめるように身をねじった。唯虎の表情が少し曇っている。辰神は薄ら笑いを浮かべた。

「反撃開始だ、ロード」

ロードがセラに向かって駆けだした。セラみたいに目にもとまらぬ早業というのとは違うが、ものすごい速度だ。もともと二足歩行だから、腕を失った影響もとくに感じられない。セラも走りだした。向かってくるロードと垂直の方向に逃げる。

でも、ロードがセラに追いつきそうだ。捕まりそうなのに、セラは急停止した。ロードがセラに躍りかかる。それを見越していたように、セラは身を低くして体を反転させた。ロード下からロードに組みつく。ロードとセラが組んずほぐれつして、互いに上になっては下になった。どちらも素早くて、何をやっているのか、どうなっているのか、とてもじゃないけれど把握できない。

「セラァッ……！」

バクが声援を送った。飛はただただ手に汗を握っていた。

ロードとセラがいったん離れ、また揉み合いはじめた。

もつれ合って、転がる。

「――んっ……」

唯虎が呻いてわずかに前屈みになった。

「くっ……！」

辰神は歯を食いしばり、すさまじい形相で仁王立ちしている。

ましゃっとが立ち上がって手を叩いた。

「どっちもがんばれー！」

ロードが後脚でセラを蹴り離した。吹っ飛ばされて、すぐさま身を起こそうとしたセラに、ロードが飛びかかる。ロードの右足の裏に三本の角が生えている。ロードはセラを踏みつけた。三本の角がセラの横っ腹に深々と突き刺さった。

セラは起き上がれない。ロードはさらに、口を開けて舌をのばした。ロードの舌がセラの首に絡みつく。セラは左右の前脚でロードの舌を振り払おうとしたが、あの舌、ゴムみたいに伸び縮みする。セラの爪が食いこんでもちぎれない。

ロードは角が生えた右足でセラを押さえつけたまま、左足で蹴る。何回も何回も、左足の鉤爪でセラの体中を抉る。

セラはもがく。セラの前脚、後脚も、ロードを傷つけている。でも、傷つけばそのどちらも動物のように血液みたいな体液が噴きだすわけじゃない。それでいて生々しい組織があらわになる。その組織まで損なわれると、ぼんやり光る霧のようなものが撒き散らされる。

唯虎も、辰神も、それぞれ苦悶の表情を浮かべている。立っているのもつらそうだ。膝をつかないのは意地だろう。人外が死闘を繰り広げているのに、主が先に膝を屈するわけにはいかない。

セラはロードの舌で首を絞められている。その舌にどうにか噛みついた。セラの爪では引き裂けなかったロードの舌が、牙で噛み切られた。

「ロォォォ――――ド……ッ！」

辰神が叫んだ。顔が汗でびっしょりになっている。

ロードは跳び下がろうとした。けれども、セラは逃がさなかった。ロードがひっくり返る。セラがロードを組み敷いたのだ。セラは前脚、後脚でロードをしっかりと抱えこんで、喉頸にかぶりついている。ロードは喉に角を移動させたが、セラはかまわない。三本の角がセラの右目、左目の脇、鼻柱から突きだしている。それでもセラはロードに噛みついたままだ。

辰神が両手で首を押さえ、とうとう体育館の床に両膝をついた。

「――っっ……！」

間を置かずに立ち上がったが、目がとんでもなく充血して涙が滲んでいる。辰神は、ええぅう、おぉうあ、と呻いた。えずいているようでもある。泡を吹きはじめた。

「ぐぃぃいぅうがあぁっ……」

「セラ！」

唯虎は少し仰け反るような姿勢になっている。まっすぐ立つのは難しいのだろう。唯虎も、そしてもちろんセラも、痛手を負っていないわけじゃない。

「とどめを……！」

「んんんんんんにぃいいぃいぃいいぃいいぃいぃいぃ……！」

辰神が奇声を発したのはそのときだった。あれは、断末魔の叫びというやつなのか。辰神の髪の毛が逆立って、汗が、涙が、それに鼻血まで、一気に噴きだした。とんでもない量の水分が一挙に排出されたせいで、辰神の体は一回り小さくなった。人外が食べられようとしているだけで、こんな劇的な変化が現れるものなのか。いや、だけ、とは言えないだろう。喪失組は虚心症から回復してなんかいない。もしバクが食べられたら、飛は飛じゃなくなる。セラにロードを食べられて、辰神は何もかも失おうとしているのだ。

直面しているその現実に、辰神の精神と肉体は耐えられなかったのかもしれない。一瞬、飛はそう思ったのだ。

間もなく気づかされた。勘違いだった。

「変わりやがった！」

愛田が醜悪な顔をめちゃくちゃに歪ませて笑った。

「いいぞ！　すげぇ……！」

「セラッ――」

　唯虎がセラのほうに右手を差し向けた。しかし、セラはもう見あたらない。セラは何かにくるまれ、すっぽりと覆い隠されている。飛はそれがロードだとわかっていた。自分の目で見たからだ。

　セラに喉頸を食いちぎられそうになっていたロードが、突然、またたく間に切り開かれた。まるで、何本ものものすごい切れ味の包丁が、鮮やかに、いっぺんに、ロードを捌いたかのようだった。後脚から胴、首、頭部まで、表皮がきれいに裂けた。内部の、果実のような、毒々しいほどに生々しい組織や、白い骨みたいな部分が露出して、何かの管や、色とりどりの脈打つ内臓らしきものも、飛は目撃した。

　それらがいっぺんにどろどろになった。そして、セラを押し包んでしまったのだ。

　赤黒い、ぐちゃぐちゃしたゼリーのかたまり、波打つ山のようなものが、センターサークルの近くにわだかまっている。

　セラはおそらく、あの中にいる。おそらく、じゃない。間違いなく、あの中にセラはいるはずだ。

　無事かどうかは、わからない。

　ゼリーの山のてっぺんに、角が三本、にょきっと生えた。

「アハハァァ……」

一回り小さくなって、やけにげっそりした辰神が、両腕を広げた。

「アハハハァ。ハハハハハァ。オォー、ロード。由比の人外はぁ、うまいかぁ？　とくと味わえ……アァァー。おいちぃねぇ。おいちいでしゅねぇ。イヒヒヒッ……」

「……な、何だ、アイツ……」

バクが震え上がった。飛も恐れおののいていた。辰神はどうしてしまったのか。それよりも、セラはどうなったのか。

唯虎がばったりと倒れた。

それから間もなく、ゼリーの山のてっぺんに、新たな角、四本目の角が加わった。

「へぇぇ……」

ましゃっとがしゃがんだ。背中が小刻みに揺れている。震えているのか。それともまさか、笑っているのか。

「やだ……」

ほまりんが呟いた。何人かの女子がすすり泣いている。悲しんでいるというよりも、恐ろしくてたまらないのだろう。

誰かが手を叩きはじめた。ゆっくりとした拍手だった。愛田だ。頭の上で両手を打ちあわせている。

「勝者は辰神だ。見事な逆転勝利だった」

こんなことになるなんて思ってもみなかった。本当にそうだろうか。

辰神が唯虎の挑戦を受ける可能性がないとは言えなかった。戦抜が行われれば、片方が勝って、もう片方が負ける。唯虎に勝って欲しいけれど、負けるかもしれない。その場合でも、どうするかは決めてあった。

＋＋＋　＋　＋＋＋＋

飛はそうした。二階のランニングコースから一階に飛び降りて、唯虎に駆けよった。角が四本生えている血肉ゼリーの山と化したロードのほうは見なかった。アハハハ笑いながら、そのへんをふらふらと歩いている辰神も視界に入れないようにした。

唯虎は右腕、右脚を下にして横向きに倒れていた。半目を開け、口も少し開いている。一見して、体のどこにも力が入っていない。たぶん意識がない。

愛田がどこからか担架を出して担いできた。細身のわりに、愛田は非力じゃなかった。それどころか、やけに力持ちだった。でも、雑だった。愛田は唯虎の襟首を掴んで引きずり、担架に乗せた。

「運びたいか、オトギリ？」

愛田に訊かれた。うなずく代わりに、愛田をぶん殴ってやりかった。

「俺も手伝うよ、弟切」

ましゃっとがすぐ隣にいた。いつの間に一階に下りてきたのだろう。まったく気づかなかった。

飛は担架の頭のほうを、ましゃっとは足のほうを持った。バクが何かしゃべっていた。何を言っていたのか。飛はろくに覚えていない。

体育館を出て、廊下を進んだ。医務室のドアは副担任の木堀有希が開けた。

医務室は中学校の保健室とさして変わらなかった。ベッドが四台あって、カーテンで仕切られていた。カーテンは閉まっていない。机と椅子があって、机の上に大きなディスプレイが設置されていた。

愛田は最後に医務室に入ってきた。

「担架ごとでいい。ベッドに寝かせろ」

愛田の指示に従うのが嫌でたまらなかった。かといって、他にどうすればいいのか。飛とましゃっとは唯虎を寝かせている担架をベッドの上に載せた。

「木堀先生、由比についててやれ」

愛田はそれだけ言うと、医務室をあとにした。木堀は残るようだ。

「あなたたちがいても役に立ちません。出ていきなさい」

木堀は飛とましゃっとを見て冷然と告げた。

「……はーい」

ましゃっとはルーヴィを連れて出てゆこうとしたが、飛は納得できなかった。

「じゃ、あんたは？　唯虎は人外を食べられたんだ。医者でも治せない。虚心症の患者に、あんたは何かしてやれるの？」

「医師の診断はリモートで受けられますし、最低限の処置なら私にもできます」

「答えになってないよ」

「答える義務がありません。さっさと出ていきなさい」

「行こ、弟切。ね？」

ましゃっとに腕を掴まれた。飛はましゃっとの手を振りほどいて、木堀を睨んだ。木堀は飛を見返している。飛を見ているのに、飛なんか見ていないかのような眼差しだった。

「飛」

バクに呼びかけられて、飛は一つ息をついた。唯虎に何か言ってやりたい。けれども、今の唯虎に飛の声は届かないだろう。飛は医務室を出た。

＋＋＋　＋　＋＋＋＋

仕事はここからだ。

専用フロアの部屋に戻ってすぐ、萌日花と連絡をとった。伝えるべき情報をちゃんと整理してうまく話せるだろうか。気がかりだったが、どうにかできた。

『だいたいわかった。やっぱり、学園内で何らかの処置が施されるとは思えないね。てことは――』

「きっと外に運びだす」

『隊長に伝える。動きがあったら追跡して、どこで何が行われてるのか、突き止めないと。生きて囚われてるカワウソの居場所とも、関係あるかもしれないし』

「連中の隠れ家みたいなところがあって……そこに唯虎を？　灰崎さんも、同じとこに」

『可能性だけど』

「だとしたら、鹿奔宜ヒルズ」

『かもね。何かあったら教える』

「唯虎が外に連れだされたら、僕も追う」

『どうやって？　自由に外出できないんでしょ？』

「考えがある」

『無茶はしないで』

「了解」

多少迷ったが、飛は酒池ほまりの部屋を訪ねた。

インターホンのボタンを押すと、ほまりんはドアを開けてくれた。

「……弟切(おとぎり)」

まだ夕食もとっていないだろう時間帯なのに、ほまりんはシャワーを浴びたあとのようだ。私服に着替えていたし、髪の毛がいくらか湿っていた。

「どしたの？　唯虎……どうだった？」

「唯虎は――」

飛が首を横に振ってみせると、ほまりんは部屋に入るよう身振りでうながした。飛はちょっとためらった。女子の部屋に入っていいのだろうか。外で話すよりは中のほうがいいので、好都合ではある。

ほまりんはベッドに腰かけた。足許(あしもと)でデッドオーがちょろちょろしている。

飛はバクを肩に掛けたまま床に座った。

「頼みがあるんだ」

「どんなこと？」

「夜、抜けだしたい。そのとき、手伝ってくれないかな」

「……なんで、ほまりに？」

「他に信用できる人がいない」

「ほまりは信用できるの？」

「僕はそう思ってる」

「オレもな」

すかさずバクが言うと、ほまりんは下を向いて少しだけ笑った。

「そっかぁ。よくわかんないけど、ほまりにできそうなことなら……いいよ。手伝う」

飛は、ごめん、と謝りかけて、のみこんだ。

「ありがとう」

「うん」

+++ + ++++

飛は自室のドアをいくらか開けて、そこからサロンの様子をうかがっていた。

午後十一時を回っても、今夜は喪失組が部屋から出てこない。

午後十一時三分、飛のスマホが振動した。萌日花からの電話だ。

「もしもし」

『今、東棟前に車が停まったみたい。十人以上乗れるマイクロバス。動きがありそう』

「わかった」

『出られるの?』

「たぶん」

電話の向こうで萌日花がため息をついた。飛は通話を終了し、バクを担いで部屋を出た。ほまりんは寝ていなかったようだ。インターホンのボタンを押すと、すぐに出てきた。

飛とバク、ほまりん、デッドオーは、回廊に向かった。回廊には蛍光灯がなく、壁と床の境目から明かりがもれているだけだから、薄暗い。飛は回廊の窓のロックを外した。一瞬、この窓を背にして唯虎(ただとら)と語らったことを思いだした。ほまりんが飛に体を寄せて囁(ささや)きかけた。

「ほんとにここから出るの？　五階だよ？　落ちたらやばいって……」

「平気。落ちないから」

飛は窓を開けて窓枠によじ登った。

「しばらく開けてると警報が鳴るって――唯虎が言ってた。僕が出たら窓を閉めて、ロックして」

「窓、閉めて、ロック。うん。そうする」

「もし先生とかに問いつめられたら、僕に脅されて、仕方なくやったってことに」

「弟切(おとぎり)はほまりんのこと、脅したりしないしょや」

バクが笑った。

「たしかに、柄じゃねえわな」

「じゃ、お願い」

飛はそれだけ言って窓の外に出た。五階だろうと十階だろうと、飛にとって高さは関係ない。東棟の外壁はつるんとしていないし、出っぱりもたくさんある。地上まであっという間だった。窓はほまりんが閉めてくれたみたいだ。玄関に回ると、萌日花が言っていたとおり、一台のマイクロバスが横付けされていた。エンジンは止まっていない。飛は建物の角に隠れて、萌日花に電話をかけた。

『飛？』

「外に出た」

『早っ。……バスのほうはずっきゅんが見てるから、学園の外に来て。ワラビーの車。私も中にいる』

「了解」

飛は夜の学園内を疾走した。防犯カメラに映らず学外に出るルートは頭に入っている。飛は魁英学園の敷地を囲む塀を軽々と乗り越えた。ワラビーのワンボックスカーはすぐに見つけることができた。後部座席に乗りこむと、喪服のような黒スーツ姿のハイエナが二列目席、ＴＨＡＺＥＮのＴシャツを着た萌日花は三列目席に座っていた。

「来たか、ヒタキ」

ハイエナが軽く肩をすくめた。いつもより髭がのびて、顔が若干むくんでいる。

「マイクロバスは由比唯虎と思われる人物を乗せて発車したところらしい。愛田と木堀も同乗してる。他に作業着姿の乗員が数名。素姓は不明だ。——ワラビー、出せ」

　ワラビーがワンボックスカーを発車させた。それなりに速度が出ている。どこをどう走っているのか、飛にはさっぱりだが、距離をあけてマイクロバスを追跡しているようだ。

　萌日花が三列目席から身を乗りだしてきた。

「大丈夫？　由比唯虎とは仲よかったんでしょ」

「仲、よかったのかな」

　短い付き合いとはいえ、唯虎には飛に見せていない顔があった。セラに人外を食べさせていたらしい。そうしてセラはあんなにも強くなった。でも、ロードには勝てなかった。

「どうなんだろ。よくわからない」

「よさげなヤツだったぜ？」

　バクはファスナーを開けて、ため息をつくような音を発した。

「ひとに言えねえことの一つや二つ、誰にだってあるモンだろ。聞きだそうとしたわけでもねえなら、余計話さねえよ。飛、おまえなんか、唯虎に何も打ち明けてねえだろうが」

「……それはそうだけど」

「辰神のヤローだって、どうしても負けるわけにはいかねえ事情みてえなのが、何かあるのかもしれねえしよ。どっちにしても、いけ好かねえヤツだがな」

「ていうか――」

不意に萌日花が飛の頭に手を置いた。髪をわしゃわしゃされて、内心、何するの、とは思った。でも、萌日花の手を振りほどく気には、どうしてかなれなかった。

「だいぶやばそうだね。辰神令の人外」

飛は変化後のロードを思い浮かべた。なるべく見ないようにしていたから、はっきりしたことは言えないが、ロードはあのあともたぶん、元の姿に戻っていない。

四本の角を生やした血肉ゼリーの山に成り果てたロードは、取りこむようにしてセラを食べてしまった。バクがあのロードと戦ったとして、勝ち目があるだろうか。もちろん、勝てる。バクはそう言うだろう。けれども、飛は正直、できればバクにはあのロードと戦って欲しくない。

「山積みだな」

ハイエナが目頭を押さえた。

「とにかく、まずは由比唯虎だ」

あえて、だろうか。ハイエナはカワウソについては言及しなかった。でも、ワラビーが運転するワンボックスカーは、明らかに鹿奔宜ヒルズ方面に向かっている。やがてあの公園の手前で停車した。その先に鹿奔宜ヒルズがそびえ立っている。

「やっぱり、ここ」

萌日花がそう言って後部座席のドアを開け、車外に出た。飛とバク、ハイエナも萌日花に続いた。ハイエナはワイヤレスのイヤホンを片耳につけていて、それで誰かとやりとりしているみたいだ。

「マイクロバスが鹿奔宜ヒルズの地下駐車場に入った――」

飛たちが公園前の歩道に差しかかると、横合いから恐竜が躍りでてきた。ティラノサウルスに似ているが、人間くらいの大きさで、恐竜としては小ぶりだ。そうはいっても飛はびっくりしたし、バクも「ギョッ!?」と叫んで身を硬くした。

「オルバーを連れてきたよ」

小型ティラノサウルスがしゃべった。人間の、子供の声だ。オルバー。イタチのようなオルバーが、小型ティラノサウルスの頭の上にのっている。オルバーはするすると小型ティラノサウルスの体を伝い降りて、さっと手を差しだした萌日花に取りすがった。

「初顔合わせだな。クラゲだ」

ハイエナが顎をしゃくって小型ティラノサウルスを示した。

「ディノだよ」

小型ティラノサウルスが名乗った。

「アァ？　何が何だか……」

バックパックがどこにあるのかわからない目を回している。飛も頭がぐるぐるした。

「クラゲの人外が、着ぐるみ型のディノ」

萌日花が簡潔に解説してくれて、やっとのみこめた。

「じゃあね」

ディノをまとったクラゲは回れ右して公園の中に消えた。オルバーはカワウソが中にいるとおぼしき鹿奔宜ヒルズから離れられない。そうかといって、オルバーをひとりにしておくわけにもいかないから、ディノをまとったクラゲが一緒についていたのだ。

「行くぞ」

ハイエナが歩道を進む。バクを担いだ飛、オルバーを左肩の上にのせている萌日花が、並んでハイエナの後ろについた。

公園を行きすぎると、細い道に突き当たる。その向こうが鹿奔宜ヒルズの敷地だ。地下駐車場の出入口は、細い道を三十メートルほど行き、左に曲がった先にある。

あたりに人影はない。細い道に入ってくる車もない。

細い道の鹿奔宜ヒルズ側には、飛の胸くらいの高さの植え込みが設けられ、公園側には歩道がある。

ハイエナが左手を上げて待機の合図をした。飛たちは細い道のすぐ前で三十秒間ほど様子をうかがっていたが、どうやら異状は認められない。ハイエナが上げていた左手を前方に振った。進め、の合図だ。

　ハイエナを先頭に、飛とバク、萌日花とオルバーの隊列で、細い道の植え込み沿いを前進する。間もなく曲がり角が見えてきた。曲がり角の入り口には、目印なのだろうか、高い木が植えられている。

　ふと見ると、萌日花が右手で口を押さえていた。表情が険しい。

「……萌日花？」

　萌日花は微かに首を振った。首を傾げたようでもある。

　目印の高い木まで、あと十メートルもない。八メートルか、七メートルか。

「ハイエナ」

　飛は足を速めてハイエナの肩を軽く叩いた。ハイエナは振り向いて萌日花を見ると、足を止めた。

「どうした、パイカ？」

　萌日花は顔をしかめた。背中が丸まっている。

「……わからない。ざわざわして……ざわざわ？　何だろ。気持ち悪い……」

　ハイエナはジャケットの中に右手を差し入れ、黒い物体を抜き出した。拳銃だ。素早く何らかの操作をした。発砲できるようにしたみたいだ。

「慎重に行く。残るか？」

「ふざけないで」

萌日花が目を吊り上げると、ハイエナは片頬を緩めて少し笑った。飛はそっと息をついた。体に力が入っている。今まで気づかなかった。緊張しているのだ。

ハイエナは頭をいくらか下げ、早歩きよりもやや遅いペースでふたたび進みはじめた。飛は萌日花の前に出て、一列になった。

ハイエナは曲がり角の前で一度止まった。すぐに手で合図して、曲がり角を折れた。曲がり角の先は程なく下り坂になっていて、五、六メートル進むと四角いトンネルのような地下駐車場の出入口がある。

「この建物の所有者とは、上が話をつけてる――」

萌日花が低い声で呟いた。

「その必要があれば、警察も押さえられる。だけど、何か……」

いつの間にか、萌日花の左肩の上にいたはずのオルバーが、彼女の首にしっかりと体を巻きつけている。バクが「ウムゥ……」と唸った。震えてこそいないが、バックパックの全身がこわばっている。バクも普通じゃない。

「ニセバチ」

ハイエナの背中から一匹のニセバチが飛び立った。ニセバチに地下駐車場の中を偵察させるつもりだろう。そのときだった。

「何か……」

声がした。飛は隣にいる萌日花を見た。違う。今のは萌日花じゃない。

「何か――」「なにか……」「ナニカ」「何か」「なーにーか」「何？」

「ナニナニカ」「ナニナニナニナニナ」「ナナナナナ」「何何何何何何何何何」

飛は振り向いた。坂道の先は細い道で、その向こうは公園だ。樹木が生い茂っていて、公園というよりも森のように見える。坂道の両脇はコンクリートの壁だ。その上に植え込みがあって、蔦のような植物が壁に垂れ下がっている。

やつらは植え込みの中に身を潜めていたのだ。一斉に植え込みから顔を出した。人間なのか。赤いポンチョのようなものを着ている。真っ赤じゃない。白と黒の、目のような模様がちりばめられている。何かに似ているような。赤い。白で縁取られた円い黒目。そうか。施設にいたとき、赤い牛の張り子が玄関に飾られていた。福島県の会津地方で古くから作られている玩具なのだとか。

赤べこだ。連中が着ているポンチョは、赤べこに似ている。

「何か何か」「何何何」「ナニナニカニカニ」「ナナナナナ」「ナカナカナカナカ」

赤べこたちが跳び上がった。垂直跳びじゃない。赤べこたちは坂道に飛び降りようとしている。飛はとっさに引き返そうとした。でも、萌日花が立ちすくんでいる。まずい。赤べこたちが続々と坂道に着地して、押し寄せてくる。

「飛ッ……！」

バクに言われるまでもない。一人の赤べこが萌日花に掴みかかろうとしている。飛はその赤べこに飛び蹴りをお見舞いしてぶっ飛ばすと、ストラップを肩から外してバクを宙に放った。バクは空中で一回転して人型に変身し、別の赤べこを殴り倒した。

「萌日花！」

ハイエナが萌日花を抱き寄せた。飛はまた別の赤べこに後ろ回し蹴りを食らわせて、さらに別の赤べこを両手で突き放した。

「クォラァッ！　チィヤァッ！　セェアッ……！」

バクも手当たり次第に赤べこたちをやっつけているが、きりがない。

「ナニナニナニ」「ナニカナニカナニカ」「ナナナナ」「ニニニニ」「ナカナカナカ」

赤べこは何人いるのか。十人ではきかない。二十人はいそうだ。どの赤べこも強くはないというか、勢い、迫力のようなものはさして感じないが、倒れてもすぐ起き上がる。どこかちぐはぐな身のこなしで、機敏ではない。けれども、飛やバクに思いっきり吹っ飛ばされても、怯まずに攻めかかってくる。攻撃というよりも、とにかく接近してきて、絡みつこうとしているかのようだ。気味が悪い。

「飛、気づいてっか!?」

バクが力任せに赤べこをぶん投げて怒鳴った。

「コイツら、人間じゃねえ！　全員、人外だぞ……！」

「ご名答」

声は地下駐車場のほうから反響して聞こえてきた。

ハイエナが左腕で萌日花を抱えたまま、右手で握った拳銃の銃口をそっちに向けた。撃つんじゃないかと飛は思った。でも、ハイエナは引き金を引かなかった。地下駐車場から何かが進みでてくる。それは肉だ。肉という肉を寄せ集めて作った、巨大な肉人形。むしろ、単なる巨大な肉塊だ。あの肉塊が声を発したのか。そうじゃないだろう。

「つけてくるだろうとは思ってたが――オトギリ・トビ、おまえもかよ。悪い子だ」

愛田日出義の声だ。巨大な肉塊の後ろに隠れているのか。

「ヒタキ、撤退だ。突破しろ」

ハイエナが早口で言って、萌日花を飛のほうに押しやろうとした。萌日花は少し前から変だった。人外を感知する能力を持つ萌日花に、赤べこたちの気配が悪い影響を与えていたのかもしれない。萌日花はハイエナにしがみついた。反射的な動作だろう。ハイエナと離れたくなかったのか。

飛は匍匐前進してきた赤べこを蹴っ飛ばして、バクに目配せをした。バクは返事をする代わりに身をひるがえした。

「萌日花を、頼む」

ハイエナにそう声をかけるなり、飛は巨大な肉塊めがけて突進した。

自棄になったわけじゃない。ただ、萌日花を連れて逃げるのであれば、それはハイエナの役目だろう。何せ、ハイエナは萌日花の後見人で、父親代わりなのだから。そのために飛とバクが囮になって、赤べこや愛田、巨大な肉塊を引きつける。役割分担だ。

「馬鹿……！」

ハイエナが叫んだ。飛は、そしてバクも、かまわなかった。巨大な肉塊に真正面から突撃する。そう見せかけて、飛は巨大な肉塊の右側を、バクは左側を駆け抜けた。

一瞬振り向くと、萌日花を抱えこんで坂道を駆け上がってゆくハイエナの後ろ姿が見えた。赤べこたちがハイエナに群がろうとしていたが、つかまらないことを祈るしかない。

「オトギリィ……！」

愛田は案の定、巨大な肉塊の後ろにいた。飛とバクは無視して地下駐車場に入りこんだ。ぶんっ、と翅音が聞こえて、視界の隅を黒いものが横切ったような気がする。ニセバチか。ハイエナはただ逃げたわけじゃない。ニセバチを一匹、送りこんだ。萌日花を退避させてから、ハイエナは戻ってくるかもしれない。いいや、必ず戻ってくる。飛とバクはあくまでも時間を稼ぐだけでいいのだ。

地下駐車場はけっこう明るくて、半分以上のスペースが車で埋まっている。飛は足を止めずに後ろを見た。赤べこたちが追いかけてくる。巨大な肉塊も。愛田の姿は見えない。この期に及んで、肉塊を盾にしないと飛とバクを追うこともできないのか。

ふと、何か小さいものが自分と並走していることに飛は気づいた。

もちろん、バクじゃない。

「オルバー!?」

ついさっきまで、怯えきって萌日花の首に巻きついていたのに。これ以上、主のカワウソと離れていたくない。どうあってもカワウソのそばに行きたいのか。

どうやらこの地下駐車場は、ぐるっと一周できる造りになっているようだ。突き当たりにエレベーターがある。飛は少しばかり迷った。あのエレベーターに乗って上階へ行けないか。エレベーターがこの階に止まっていなければ、扉が開くのに時間がかかる。仮にすぐ扉が開いても、閉じる前に赤べこたちが追いついてきそうだ。だめか。エレベーターは使えない。

唯虎を乗せたマイクロバスはどこだろう。あった。エレベーター前を行きすぎた先に停車している。マイクロバスの周りに他の車はない。

「外出は禁止のはずですが」

女性の、冷たい、選抜クラスの副担任、木堀有希の声がした。どこかに木堀がいる。そんなに離れていない。わりと近くだ。

でも、飛は木堀を捜さなかった。それどころじゃない。あちこちの車の下から、おびただしい数の白いものが這い出してきたのだ。

「あの女の人外か……！」

バクが隣を走る飛に口しかない顔を向けた。バクは、どうする、と訊いてきたわけじゃない。でも、どうしよう。白いものは二十センチ程度で、人間を単純化したような形をしている。赤べこたちも、あの白いものも、そして愛田の巨大な肉塊も、足はそんなに速くない。直線コースでの競争なら、飛とバクは追っ手を引き離して逃げきれるだろう。ただ、地下駐車場は競技場のトラックみたいに一回りできるから、そうはいかない。

飛たちはマイクロバスのところまで来た。妙だ。マイクロバスはフロントを壁に向けて停まっている。コンクリートうちっぱなしのその壁に、赤いカーテンが掛かっていた。どうしてカーテンが。おかしい。そぐわない。絶対、変だ。

飛は引き寄せられるように赤いカーテンを目指した。

「おいッ、飛ッ――」

うろたえながらも、バクもついてくる。飛はカーテンに手をかけて、めくった。壁じゃない。カーテンの向こうには通路があった。暗い。明かりはない。入ってすぐのところには。ずっと向こうで橙色のランプか何かが灯っている。短い通路じゃない。いったいどこまで続いているのか。飛とバクは思わず先に進むのを躊躇したが、オルバーは違った。脇目も振らずに闇の向こうへ突っ走ってゆく。オルバーを放ってはおけない。どうせ地下駐車場は敵だらけだ。こうなったらもう行くしかない。

飛とバクはカーテンをくぐった。飛が走ろうとしたら、「――待てッ！」とバクに止められた。通路の向こうに誰かいる。人、なのか。でかい。かなりの図体だ。何かが光っている。火か。煙草だろうか。その何者かは煙草を持っているらしい。それを口のところに持っていって、くわえたのだと思う。吸いこむと、パチパチ音を立てて火が大きくなった。もしかすると、紙巻き煙草じゃなくて、太い葉巻なのかもしれない。その火に照らしだされて、ぼんやりとだが、何者かの顔が見えた。ものすごい鼻だ。高いんじゃない。鼻が長い。長すぎる。あまりにも。まるで象みたいな鼻をしている。

「テメエ――どこのどいつだッ!?」

バクが飛を背に庇って問い質すと、そいつはえらく眠そうな目をしばたたかせた。

「わっしぁ、闇二囁九蔵……そっちのほうこそ、どこの何もんぞ」

To be continued.

あとがき

石垣島に行ってきたのです。

僕は出不精なもので、ふだんはあまり遠出しません。仕事で呼ばれて海外に行ったことは二度ほどあるのですが、国内では最長距離の移動でした。

一週間程度の予定だったのですが、どうも台風が来るらしいとのことで、もしかしたら飛行機が欠航になるかも、という情勢でした。

結果、出発前日までに飛行機は飛びそうだと判明したのですが、途中で石垣島含む八重山諸島を台風が直撃しそうな見込みで、帰りの便があやしい感じだったのです。

ひょっとしたら、帰りが一日二日、延びるかもしれない。

でも、この機会を逃したら石垣島に行くことは二度とないかもしれないので、思いきって出発することにしました。

石垣島に着いたら一泊して、翌朝、フェリーで西表島に渡り、二泊して石垣島に戻ってくる、という旅程でした。

幸いなことに、石垣島に戻ってくるまではそこそこ天気に恵まれて、満喫できました。

まさか、石垣島をさらに満喫することになるとは、思いもよりませんでした。

飛行機が一向に飛ばなかったのです。

石垣島一帯は何日か荒れた程度でさほどでもなかったのですが、沖縄本島がとにかくひどいことになっていて、どうにもならない有様でした。

もともと一週間のはずが、石垣島で五日も延泊しました。それで、石垣島から那覇経由で羽田空港までは行けたのですが、僕は北海道に住んでいます。お盆近くだったので飛行機も新幹線もチケットがとれず、東京でさらに二泊する羽目になりました。

こんなに長い間、自宅を離れたのは生まれて初めてです。昔、大怪我をして手術を受けたときでも、一週間と入院せずに家に帰りました。この先、外国に行くことがあったとしても、これほど長く家を空けることはないような気がします。

ただ、西表島は面白かったですし、石垣島に至っては引っ越して少しの間、住んでいたような感じさえして、なんとかまたいつか行きたいと思っています。

そういえば、月刊コミックジーンでゆととさん作画による『いのちの食べ方』のコミカライズがスタートしています。すばらしい漫画なので、是非お読みください。

最後に、Ｅｖｅさんと関係者各位、まりやすさん、イラストを担当してくださっているｌａｃｋさん、担当編集者の中道さんと、この小説を読んでくださった皆さんに心より感謝します。また次巻でお会いできたら嬉しいです。

十文字　青

MF文庫J

いのちの食べ方 4

2023 年 10 月 25 日　初版発行
2024 年 2 月 10 日　3 版発行

原作・プロデュース　Eve

著者　十文字青

発行者　山下直久

発行　株式会社 KADOKAWA
〒102-8177 東京都千代田区富士見 2-13-3
0570-002-301（ナビダイヤル）

印刷　株式会社広済堂ネクスト

製本　株式会社広済堂ネクスト

Printed in Japan　ISBN 978-4-04-682988-7 C0193

●お問い合わせ
https://www.kadokawa.co.jp/（「お問い合わせ」へお進みください）
※内容によっては、お答えできない場合があります。
※サポートは日本国内のみとさせていただきます。
※Japanese text only

◇◇◇

【 ファンレター、作品のご感想をお待ちしています 】
〒102-0071 東京都千代田区富士見2-13-12　株式会社KADOKAWA　MF文庫J編集部気付
「Eve先生」係「十文字青先生」係「lack先生」係